ダービーパラドックス

島田明宏

集英社文庫

ダービーパラドックス

1

ヘルメットから覗《のぞ》く白髪が震えている。初老の厩務員《きゅうむいん》は泣いていた。背中を丸めて歩き出し、地下馬道《ばどう》から芝コースへと向かう。彼が着くころには、骨折した愛馬は馬運車《ばうんしゃ》のなかで安楽死の処置がとられているだろう。

その姿を見ていた記者のひとりがため息をついた。

「気の毒に。ようやく重賞を狙える馬を担当できた、って張り切ってたのに」

「枠場《わくば》」と呼ばれるコンクリートの仕切りに寄り掛かった記者が声をひそめた。

「最近、多いな」

「またあの人の持ち馬か」

と別の記者が競馬新聞の「馬主名」の欄を指さした。

「堂林和彦《どうばやしかずひこ》」という名が見える。

「堂林オーナーの馬、今年に入って何頭目だ？」

と記者が指を折り、片手で足りなくなったところで肩をすくめた。

「先週パンクした二頭のうち一頭もそうだろう」

「本業は好調なのに、馬主業はくすぶってるな」

「なあ、コバちゃんよ。堂林オーナーを追いかけてるらしいが、何かつかめたのか」

そう問いかけられた小林 真吾《こばやししんご》は、肯定とも否定ともとれる微笑を浮かべ、検量室の前を離れた。

老厩務員が地下馬道を左に曲がった。

小林は歩みを速めてあとを追った。

坂を上ってスタンド前の芝コースに出ると、馬運車が走り去ったところだった。

小林は、呆然《ぼうぜん》と立ち尽くす厩務員の横に立った。黙って芝コースを見つめていた厩務員が口をひらいた。

「何の用だ」

「残念でした」

「お前に何がわかる」

厩務員は涙と鼻水でぐしょぐしょになった顔を向けた。敵意も悪意もない。深い悲しみだけが感じられる。

「脚元に弱いところがあったのですか」

「いや、どこも痛がったことはねえ。カイバもよく食うし、体のどこを触られても嫌がらねえし、こんなに手のかからねえ馬は珍しいぐらいだ」

厩務員はヘルメットで目元を隠した。

「今日、競馬場に来てから何か変わったことは」

「変わったこと？」

「例えば、厩舎《きゅうしゃ》や装鞍所《そうあんじょ》に普段来ない人が来ていたとか」

「そういやあ、珍しくオーナーが厩舎に来て、差し入れ置いてったな」

小林は、表情が動いたことを悟られないよう訊《き》いた。

「オーナーも気を落としているでしょうね」

「ああ、競馬の前、馬房であいつの顔を撫《な》でてたもんな」

「大変なときにありがとうございました」

厩務員はゆっくり首を振り、馬道《うまみち》へと戻って行った。

小林は、厩務員の背が見えなくなってから歩き出した。

そのとき、埒《らち》の向こうの観客席から刺すような視線を感じた。

立ち止まって視線の主を探した。しかし、こちらを見ている観客はいない。スタンドにいる数万人の競馬ファンにとって、小林がいる埒の内側は、関係者だけが立ち入りを許されたベールの向こう側で、テレビの画面のなかと同じようなものだ。一部の人気騎手や、プレゼンターのタレントなどはクローズアップされて見えても、それ以外は自分には無関係の風景のように見えているはずだ。

——気のせいか。

ときおり紙面に写真が載るとはいえ、キャリア十年の中堅記者の顔など、そう知られているわけではない。

春の終わりの、のどかな昼下がりだった。

一年で最も盛り上がる「競馬の祭典」日本ダービーが二週間前に終わった。残りの東京開催は消化試合のようなものだ。この開催から二歳の新馬戦が始まるというフレッシュな話題もあるが、やがて開催は北海道や福島などのローカル競馬場に移り、次のハイシーズンは秋まで待つことになる。

夕刻、小林は、主催者が出したプレスリリースのデータを、あたかも独自取材で得たかのように盛り込んだ記事をデスクにメールし、記者席を出た。スポーツ紙の記者は、聞き漏らしたコメントを他社の記者に教えてもらい、逆に、自分も他社の記者たちに教える。これを「分ける」と言う。そうして分け合ったコメントをもとに記事を書き、さらに記者クラブに入ってきた情報を材料にするので、どの新聞もほとんど同じ内容になる。一般の読者は複数のスポーツ紙を読み比べることなどないからわからないだろうが、この作業を何年もつづけるうちに、小さな罪悪感と不満が少しずつ蓄積され、入社したころの燃えるような記者魂を覆ってしまいそうに感じることもある。

最終レースが終わってから一時間以上経《た》つのに、京王競馬場線の府中《ふちゅう》競馬正門前駅は乗客が多い。

小林は、こちらの様子をうかがっている人間がいないか確かめながら歩いた。中山《なかやま》での皐月賞《さつきしょう》が終わり、東京開催が始まったころから、誰かにあとをつけられたり、じっと見られているように感じることが多くなった。そのせいもあって、ホームの端に立つのはためらわれる。二歩、三歩と下がったとき、背中をとんと叩《たた》かれた。

「どうした、怖い顔して」

と背中に触れた手を肩に回して、男が笑った。息が酒臭い。

「沢村《さわむら》さん、もう出来上がってるんですか」

「お前のぶんも飲んでいたのさ。明日の紙面の原稿を全部書いてくれたお礼だ」

小林が勤める東都日報の先輩記者、沢村哲也《てつや》だった。かつてはレース部のスーパーエースと呼ばれたスター記者だった。鋭い視点によるレース分析と、苦み走った風貌で人気を博した。小林も、沢村に憧れて東都を選んだようなものだ。

「ぼくは自分の仕事をしただけです」

「どうしてわかる」

「はい？」

「どうしてお前に自分の仕事の領分だわかるんだ。お前はひとりでそれを決められるほど偉いのか」

沢村の剣幕に、近くにいた家族連れが離れて行った。

電車が来た。

小林の向かいにどかっと座った沢村は、ワンカップを目の高さに上げて言った。

「栄枯盛衰、世代交代、新陳代謝、竜頭蛇尾……これは違うか。ハハハ」

沢村が口にした「領分」という言葉が引っ掛かった。去年、デスクの指示で、沢村が担当していた血統のコラムを小林が引き継いだ。そのころから、紙面での、いや、競馬メディア全体における沢村の居場所が狭くなっていった。副収入となる雑誌の原稿執筆や競馬専門テレビ出演のオファーなども小林にばかり来るようになった。

若者たちのグループが沢村との間に立ち、互いの姿が見えなくなるとほっとした。

電車が動き出した。京王本線の東府中《ひがしふちゅう》駅に着いてほかの乗客が降りると、沢村もいなくなっていた。

そのとき、また視線を感じた。

車両の隅々まで見回したが、ぞろぞろと降りて行く乗客の姿が見えるだけだ。

今追いかけている馬主の堂林の経歴には、どこかうさん臭いところがある。あの男についで回る黒い影が意識の隅にあるせいで、妙な錯覚を引き起こすのだろうか。

小林は急行に乗り換え、車窓に映る乗客の顔をひとつひとつ確認した。

——この程度で狙われるわけがない。大丈夫だ。

自身に言い聞かせても、すべての顔が自分に無関心であることを確かめるまでは、どうにも落ちつかなかった。

月曜の夕刻、小林真吾は、馬主の堂林和彦が経営する会社が入った日比谷《ひびや》のオフィスビル一階の喫茶店でコーヒーを飲んでいた。

エレベーターホールから、競馬場でいつも堂林を警護している大柄な男が出てくるのが見えた。その後ろに、濃紺のスーツを着た堂林がいる。季節外れに顔が黒いのはゴルフ焼けか。ノーネクタイで、白いボタンダウンのシャツの前を大きくあけている。前を歩くボディガードより頭ひとつ小さいが、首の太さはそう変わらない。くの字形の眉を片方だけ上げ、左右にゆっくり視線を送りながら、ときおり前髪をかき上げる姿は、いかにも先端産業の経営者といった雰囲気だ。秘書らしき女性を含め、五人に見送られて車寄せに出た堂林は、ハイヤーの後部座席に乗り込んだ。

小林は、再び視線をエレベーターホールへと戻した。

やはり出てきた。長身をダークグレーのスーツにつつんだ四十代とおぼしき男だ。黒縁のメガネはダテだろう。どこにでもいるサラリーマンを装っているが、いわゆる「実話系」の週刊誌などにたびたび顔写真が載る広域暴力団の幹部だ。

小林は、店外に向けてグラスに立てかけたスマートフォンのシャッターを押した。

エントランスの脇から、見るからにチンピラという風体の男が現れた。そのとき不意に、小林の後ろの席で誰かが立ち上がった。驚いて体がぴくりとしたのを悟られないよう横目で見ると、スーツ姿の男が店を出て小走りで幹部を追って行く。あの男も暴力団員か。小林は、震える手でスマートフォンをそっと倒した。後ろの席からは死角になって気づかれなかったはずだが、それでも鼓動の高まりはおさまらなかった。

堂林を追いかけることに慣れてきて、油断があったかもしれない。通常の取材と同じ感覚では危ない。

小林は、もう一杯コーヒーを注文してから店を出た。

堂林の住まいがある港区白金《しろかね》の中華料理店に入った。ここの回鍋肉《ホイコーロー》が絶品なのだ。青椒《チンジャオ》肉絲《ロウスー》も餃子《ギョーザ》もなかなか美味《うま》いのに、いつも空《す》いている。金持ちが多いこの界隈《かいわい》では高級店のほうが賑《にぎ》わうのか。

陽《ひ》が落ちてから堂林の家が見える通りを歩いた。さほど新しくも大きくもないが、四囲にめぐらせた背の高い塀や、大型車がそのまま入ることのできる門の造りなどは見るからに堅牢《けんろう》で、金がかかっていそうだ。

表通りを一周して時間を潰し、またしばらく張っていたら、堂林の家の前に白いBMWの８シリーズが停《と》まった。シャッターがゆっくりとひらく。何度も見たクルマだ。おそらく堂林自身が運転しているのだろう。酒席に出ても、自分は飲まないことが多いのか。そうした隙のなさも堂林らしいように思われた。

競馬記者は土日に出勤するので、月曜日に休む者が多い。小林もそうだ。出張でも入らない限り、月曜日はだいたいこうして堂林を追いかけている。競馬記者の職務の範《はん》疇《ちゅう》を逸脱していることは自分でもわかっている。それでも、追いかけていないと、自分が追われる側に回るように感じられて、動かずにいられないのだ。一日中張っても姿を見ることができず、空振りに終わることもある。そのとき沸き上がってくるのは、悔しさよりも寂しさに近い感情だ。我ながらおかしなものだと思う。

火曜日のレース部はひっそりとしている。記者のほとんどが厩舎取材のため、茨城県の美《み》浦《ほ》か滋賀県の栗東《りっとう》のトレーニングセンターに泊まりがけで行ってしまうからだ。

小林は、クラウドから堂林に関するデータの入ったフォルダをダウンロードした。そこに、直近の取材で得た情報を書き加えていく。

堂林和彦、五十六歳。静岡県出身。都内の私大卒業後、中堅商社に入って東南アジア諸国駐在を経て、日用雑貨から中古車まで扱うネットオークション会社を興し独立。その後、ニュース・検索サイトや旅行予約サイト、転職斡旋《あっせん》サイトなどのほか、証券、電子マネーの分野にも進出し、自身にちなんで命名した「Ｄｏマーケット（略称ドゥーマ）」を、日本トップクラスのIT企業へと成長させた。

競走馬を所有するようになったのは六年前からだ。そのうちクラブ法人事業、いわゆる「一口馬主」を集めて馬を共有する事業を始めるのでは、と噂《うわさ》されながら、年間三十頭ほどをセリや庭先取引で購入し、百頭以上の競走馬と繁殖牝馬《ひんば》のほか、種牡馬《しゅぼば》のシンジケートの株などを所有するまでになった。

所有馬が重賞を初めて勝ったのは三年前。良血馬が揃《そろ》っているだけに、いったん波に乗ると強い。GIレースにもときおり所有馬を出走させるようになり、GIオーナーとなるのも時間の問題と言われている。

ところが、去年の秋ごろから、故障する所有馬が急に多くなった。それも、レース中の粉砕骨折や腱断裂《けんだんれつ》など、予後不良、つまり、薬殺処分にしなければならないような深刻な故障ばかりだ。

年が明けてからも同じような事故がつづくのを見て、小林は周辺取材を始めた。調教技術と獣医学が急速に進歩し、十年前や二十年前に比べて屈腱炎《くっけんえん》などの故障が激減しているなか、これだけの頻度で同じオーナーの馬だけが災厄に見舞われるのは不自然だ。デビュー前の育成法や、休養中に過ごす「外厩《がいきゅう》」と呼ばれる施設での管理などに問題がある可能性も含めて調べるようになった。

調査を進めるうちに、いくつかの共通項が浮かび上がってきた。毎回ではないが、故障したレースの前に堂林が厩舎か装鞍所で馬に接していることがひとつ。もうひとつは、かなりの額の保険金が支払われている、ということだ。しかし、それは堂林の懐を潤すほどではなく、購入額と比べて大きく損はしない、という程度に過ぎない。その程度の金を得るために、ほかの馬主が羨むほど馬体も血統も素晴らしく、今後高額な賞金を稼ぐ可能性のある馬をわざわざ故障させるとは考えづらい。

なぜ堂林の馬ばかり故障するのか。偶然なのか、意図的なのか。

謎を解く鍵を得られそうな手応えは、今のところない。

所有馬が次々とパンクする一方で、堂林の本業は好調を維持している。今年に入ってから、不動産開発や各種学校経営などにも乗り出すようになった。

小林は、昨日スマホで撮った暴力団幹部のほか、先週、堂林の新事業のひとつであるスポーツジムをデジカメで撮影してきたときのJPEGファイルをデータに加えた。

堂林の背後の黒い影には実体がある。最近、そう確信するようになった。

堂林の事業拡大は凄《すさ》まじい勢いで進められ、一見、手当たり次第に各地へ進出しているように思われる。しかし、そこにひとつの共通項があることに気がついた。堂林が新事業を始めたビルや近隣の建物に、大阪を本拠とする広域暴力団のフロント企業や、その役員に名を連ねる者の会社が入っているケースがほとんどなのだ。昨日ドゥーマのエントランスで見かけた男もそのひとりだ。

堂林と暴力団。表のイメージからはまったく結びつかない。堂林の父方の伯父《おじ》には衆議院議員とノーベル賞候補の呼び声もある物理学者などもいて、母方は明治維新で功のあった士族にさかのぼる。家系図はクリーンなサラブレッドのそれだ。

暴力団に何かをつかまれているのか、それとも、堂林が裏社会の力を必要としているのか。いずれにしても、ただの偶然ではないだろう。

パソコンに、堂林が経営するスポーツジムの入ったビルの写真を表示させた。エントランスに出入りする人間たちを向かいのビルから撮影したものだ。そのひとつを拡大して眺めているとき、ふと手が止まった。

――どうしてあの人がここに？

先輩記者の沢村が写っている。眉間のしわまではっきり見える。

沢村の机を見ると、資料が山積みになったままだ。ホワイトボードには「美浦」と書かれているが、何週間も前からそうなっている。

沢村が出てきたビルには消費者金融も入っているから、そこに行ったのかもしれない。

――いや、待てよ。

そういえば、堂林をマークしていることを他社の連中に知られたのも、沢村がきっかけだったような気がする。記者クラブの部屋で作業をしていたとき、背後からパソコンを覗き込んだ沢村が、

「ほう、次は堂林をつるし上げて社長賞狙いか」

とわざわざ声に出したからだ。

小林が入社したころ、取材源の秘匿や、取材中の保秘義務について細かく指導してくれた先輩と同じ人間とは思えない。沢村の本来の細かい性格からして、あれはうっかりではなく、意識してのことだろう。

沢村は、堂林と何か特別な関係にあるのだろうか。仮に何らかの結びつきがあったとして、それは自分にとって好都合なのか、それとも……。

——沢村さんについても調べる必要があるな。

そう感じながらも、競馬場や電車のなかで自分に向けられた視線の主は、別の人間であるような気がした。

朝起きたとき自分以外に誰もいない生活に、最近ようやく慣れてきた。

二十代の終わりに、学生時代から付き合っていた彼女と結婚した。しかし、今年の二月、結婚生活五年ちょうどで離婚を切り出された。自分のどこが彼女の希望に添わなかったのか、今でもわからない。きっとそういうところが物足りなかったのだろう。理由はわからなくても、彼女の変化には気づいていた。

最後に彼女に言った言葉は「もう謝らないでくれ」だった。ひとりになることより、何度も「ごめんなさい」と言われることのほうがつらかった。

結婚するまで横浜の実家にいたので、三十四歳になって初めてひとり暮らしをすることになった。

トイレのドアをあけたまま用を足せるので、自分以外に誰かがいるときに比べ、ドアの開閉が一回少なくて済む。好物のカレーうどんばかり食べつづけても文句を言われないし、休みの日はヒゲを剃《そ》らなくてもいい。

悪いことばかりではない。慣れれば人間らしい生活ができるものだ。

「そんなことまで真似《まね》するなよ」

と、先輩の沢村に笑われたことがあった。

沢村も数年前に離婚していた。

原稿の言い回しや、疑問を提示してから主題に持っていく手法など、小林は沢村を手本としながら仕事を覚えてきた。

この日も、沢村は出勤していなかった。もともと酒癖は悪かったが、最近は度を越している。酒量を控えるよう言っても逆上されるだけだろう。ずっと見上げてきたヒーローがくだを巻くところなど見たくないのだが、自分にできることはなさそうだ。

自分の席についた小林は、これまで堂林を取材したときのシーンを反芻《はんすう》した。過去に五回、いや六回だ。すべて一対一ではない、いわゆる「囲み取材」とか「ぶら下がり取材」と呼ばれる、競馬場での取材だった。質問を投げかけ、返答を得たこともあったが、向こうにしてみると集団にまとめて応えたような感覚だったはずだ。

はたして堂林は、自分にマークされていることに気づいているのだろうか。沢村とつながりがあるのなら、当然知っているはずだ。

しかし、自分は、このところ疑心暗鬼になりすぎているのかもしれない。ほかの人間が見たら滑稽に思うほど、普段から周囲を気にしている。

堂林が自分の意図を、いや、そもそも自分の存在を知っているかどうかを確かめるには、レース後のぶら下がり取材を利用するしかなさそうだ。

出馬登録を見ると、堂林は、日曜日の二歳新馬戦でジェメロという牡馬をデビューさせるようだ。

父がリーディングサイアーのディープステージ、母は現役時代三勝したブラックルージュ。北海道日高町《ひだかちょう》の宇佐見《うさみ》牧場生産。美浦・安西義和《あんざいよしかず》厩舎所属で、騎手はリーディング上位の木田正平《きだしょうへい》を起用する。

調教でも好時計を連発している。

「なあ高橋《たかはし》、日曜の東京芝一八〇〇メートルの新馬戦、ジェメロで堅そうか」

二歳馬取材を担当している後輩に訊くと、呆《あき》れられた。

「何言ってんスか。ほかにいないでしょう。持ったままで、チギっちゃうんじゃないスか」

「ということは、圧倒的な一番人気になるのか」

「一・五倍つけば買いだ、って言ってるやつもいますよ。あれだけ羽振りのいいオーナーなら、一〇〇万や二〇〇万どころか、一〇〇〇万円ぐらい突っ込むんじゃないスか」

「それは見ものだな。ところで、ジェメロってどういう意味なんだ」

「イタリア語で『双子』っス。堂林オーナーか誰かの関係者に双子がいるからこの名前にした、って聞きました」

と、高橋は、予想の◎○▲△×の印を打つ作業に戻った。

社の情報共有システムを見ると、すべての記者がジェメロに本命の◎を打っている。いくつかの意味で冒険かもしれないが、小林は別の馬を本命にし、ジェメロには単穴の▲印をつけることにした。

もし堂林がこの新聞を見たら、ひとつだけ浮いている印と「小林」という名が目に飛び込んでくるはずだ。これで当日、こちらと目も合わせないようなら、堂林は自分のもくろみはおろか、小林真吾という記者が存在することすら知らないと見ていい。

パソコンの電源を落とそうとしたとき、関東スポーツの赤松《あかまつ》という記者から「件名なし」のメールが来た。

「ホワイトナイトはあなたですね」

本文はそれだけだった。

意味がわからなかったが、この赤松という記者とは特別親しいわけでもないし、さして重要な案件ではなさそうなので、返信はしなかった。


春の東京開催は六月の最終週まで行われる。閉幕まで一週を残すだけとなった日曜日は、朝から好天に恵まれた。

開催末期なので芝コースの内側は傷みが目立つ。それでも、これだけ馬場が乾いていると、素質馬がフットワークを乱すことなく実力を出しやすい。

朝から順当に決まるレースがつづいた。

そんななか、第五レース、芝一八〇〇メートルの二歳新馬戦に出走する十六頭がパドックに姿を現した。

ここにいるのはみな初めて競馬場に来た馬たちだ。よそ見をしたり、そわそわと落ちつかない馬が多い。

しかし、一頭だけ、どっしりと落ちつき、古馬のような風格を漂わせている。

ジェメロだ。オッズ板を見ると、単勝一・三倍の圧倒的一番人気に支持されている。

黒光りする青鹿毛《あおかげ》の馬体は見るからにやわらかそうだ。首をリズミカルに上下させ、「トモ」と呼ばれる後ろ脚を大きく踏み込んで歩く。馬銜《はみ》を噛《か》む口元にときおり力が入る、ちょうどいい気合の乗り方に見える。

担当厩務員は見知った顔の若い女だ。力ずくで押さえ込む必要のない、扱いやすい馬なのだろう。

小林は、本命の印を打たなかったことを後悔した。だが、今回ばかりは仕方がない。パドックを出て、上階の記者席に戻った。バルコニーから、双眼鏡で馬場入りの動きを観察する。

ジェメロがキャンター（駈歩《かけあし》）に入った。走り出すときのフォームは父のディープステージにそっくりだ。毛の色や、額の流星の形などは異なるが、身のこなしは生き写しと言っていい。

高橋が「ここを勝って来春クラシックの主役になる」と書いていたのも、この馬っぷりなら納得できる。

「いい馬でしょう」

双眼鏡と財布を手にした高橋が横に来た。

「いくら買ったんだ」

「給料日前は、単勝三万が限界っス。本当はもっとぶち込みたいんスけど。先輩は？」

「自分の本命を一万円」

「あの馬は人気薄だから、もし来たら……七〇万じゃないスか。まあ、ドブに捨てたようなもんスけどね」

小林は、全レース、自分が紙面で発表した印のとおりに買っている。理由を訊かれたら読者への誠意として、と答えているのだが、感覚としては罪滅ぼしだ。たいした論拠もない印につられて大事な金を遣う人たちに、どうしても罪悪感を覚えてしまう。買い目はかなりの点数になるので、いつも一〇〇円単位なのだが、このレースは堂林との勝負の意味もこめて、小林にしては張り込んだ。

ファンファーレが鳴り、出走馬がゲートに入った。

ゲートがあき、十六頭が横並びのスタートを切った。

ほぼ真ん中の七番枠から出たジェメロは好位の五、六番手にいる。そこにポジションを固定し、直線で抜け出す横綱相撲をとるのだろう。

馬群が向　正面《むこうじょうめん》のなかほどに差しかかった。

「え?」と、双眼鏡を覗いていた小林と高橋が同時に声を出した。

ジェメロが急に首を上げ、前脚を突っ張ってブレーキをかけるような走り方になったのだ。高くした首を左右に振り、ずるずると最後尾まで下がってしまった。

「馬群を嫌がったんですかね」

「いや、そうじゃない、ほら」

騎手の指示で馬群の外からポジションを上げようとしたジェメロが、横を走る馬のほうに何度も首を伸ばしている。

「本当だ、走りながら噛みつきにいってますね」

「とんでもない気性難だ」

スタンド全体がどよめいている。

三コーナーに入ると、そのどよめきに悲鳴もまじり出した。

実況アナウンサーまで慌てている。

〈おおっと、人気馬のジェメロが、馬群を離れて一頭だけコーナーを大回りしています。故障発生か!? いや、故障ではないようです。しかし、これは大変なコースロスだ！〉

東京競馬場は左回りだ。コーナーを回るときは、左前脚を前に出す「左手前」で走らなければならないのだが、ジェメロはいわゆる「逆手前」の右手前のままコーナーを回っている。

最後の直線に向いたときには、先頭から二十馬身以上離された、絶望的な位置まで下がっていた。

それでも騎手は全力疾走させようとしたのだが、ジェメロは鞭《むち》で叩かれるたびに反発して横っ飛びし、ふらふらと蛇行しながらしんがりでゴールした。

「あーあ、明日から飲みに行けなくなっちゃいました」

と顔をしかめた高橋が、掲示板を見て小林の腕をつかんだ。

「先輩、やったじゃないスか！　お願いしますよォー」

勝ったのは、小林が本命にした単勝七〇倍のダークホースだった。七〇万円の臨時収入だ。調査費としてありがたい。後輩に飯を食わせながら話を聞くのも必要経費のようなものか。

「わかった、その代わり黙ってろよ。たかられると、お前の飲み代まで飛んじまう」

「おめでとう」「おごれよ」と声をかけてきた他社の連中と競うように、エレベーターで検量室前に降りた。

勝ち馬の関係者は重賞でも勝ったかのように盛り上がっている。

笑い声が響くなか、ジェメロの管理調教師の安西義和が憔悴《しょうすい》し切った表情で立ち尽くしている。

その横に立つ担当の女性厩務員は目を真っ赤にしている。

「こんな葬式みたいな雰囲気のところに、オーナー、降りてきますかね」

と高橋はエレベーターのほうを見やった。

「調教師のやばそうな表情からして、来るような気がするな」

そう答えた小林の視界にジェメロが入ってきた。

出走馬の一番最後にゆっくりと戻ってくる。

女性厩務員が駆け寄って曳《ひ》き綱をつないだ。そして脚元を両手で包み込むように触り、怪我《けが》をしていないか確かめている。

下馬して鞍《くら》を外した騎手の木田は、吐き捨てるように、

「馬銜をとろうとしなかった」

と言い、足早に検量室に消えた。自分の騎乗ミスではない、きちんと馬銜をとるよう調教できなかった厩舎スタッフに責任がある――と言っているようなものだ。

そのとき、数人の記者がエレベーターのほうへと走った。

堂林が現れた。

記者たちに囲まれても、堂林は口をひらかなかった。

無言のまま、大股でジェメロへと近づいていく。

ジェメロの横に立つ調教師の安西は、判決を待つ被告人のように表情をこわばらせている。

「安西さん、どういうことかな」

競馬サークルでは調教師を「先生」と呼ぶのが普通だが、堂林は違う。

「面目ない」

と安西が目を伏せると、堂林が顔をしかめた。

「これがクラシック候補とは、笑わせてくれるね」

ジェメロに一瞥《いちべつ》をくれ、安西を睨《にら》みつける。

小林は、そんな堂林を見て、この男はなぜ競走馬のオーナーになったのかと考えた。実業家としての成功を誇示するため、夢とロマンを追いかけるため、純然たる趣味として、なかには動物好きが高じて馬を持つようになる者もいれば、ただ親の跡を継いで馬主になった者もいる。

堂林は、一見、ステイタスのために馬主になった人間の典型に見えるが、それだけではない何かがある。

堂林の何がそう感じさせるのか。言葉にすると、異様なまでの粘りというか、執着の強さということになるのだが、それは馬に対する愛着だとか、勝利への執念などとは別種のものに思われた。

ジェメロは女性厩務員に曳かれて地下馬道に消え、安西も逃げるように立ち去った。検量室前に残されたジェメロの関係者は、堂林と、秘書兼ボディガードと思われる大柄な二人の男だけになった。

「何が敗因だったのでしょう」

ベテラン記者の問いに、堂林は口元を歪《ゆが》めた。

「それを調べるのが君たちの仕事だろう」

自分より若い堂林に「君」と言われた記者は不快そうに顔をしかめたが、堂林は相手の目ではなく、斜め上を見上げている。人間ではなく空気と話しているかのようだ。

「故障ではないのですか」「次走の予定は」

別の記者たちが訊《たず》ねると、堂林は黙って背を向け、歩き出した。

「オーナーは、こういう結果になるとわかっていたのでは？」

小林がそう言うと、堂林は立ち止まった。

周囲の空気が凍りつくのがわかった。

堂林はゆっくりと体をこちらに向け、射抜くような目で小林を睨みつけた。

その表情に怪訝《けげん》そうな色が浮かんだのを見て、小林は言った。

「東都日報の小林です」

「どういう意味かな」

堂林が訊いたのは、小林が名乗った理由なのか、それとも、ジェメロの惨敗を自分が予測していたと思ったことについてなのか。おそらく後者だろうと見当をつけて答えた。

「まったく意外そうな顔をされていないので」

それに、所有馬の馬券で数十万、数百万円と損をした馬主に共通して見られる、自虐めいた表情でもなかった。

「フッ、無礼なやつだが、新聞記者はそのくらいでいい」

「まだ見限らないのですか」

「馬はな」

言外に、転厩《てんきゅう》や乗り替わりなどを考えていることを匂わせた。

「環境を変えれば――」

「取材はここまでだ」

と堂林は小林の言葉を遮り、エレベーターホールへと歩き出した。

ホールにつながる階段の手前で、小林と同世代の背の高い男が堂林に会釈した。堂林が片手を挙げると、男も堂林のあとにつづいた。

――あの男、どこかで見たな。

思い出そうとしていると、ほかの記者たちがパドック側へと走り出した。

後輩の高橋が振り向き、目で小林を制した。彼らのターゲットは、次のレースに向かう騎手の木田だ。以前、小林は、ラフプレーでほかの騎手を落馬させた木田を批判する記事を書いたため、木田から取材を拒否されている。自分が囲み取材に加わったら木田が話すのをやめるので、ほかの記者に迷惑をかけてしまう。

戻ってきた高橋が首を横に振って苦笑した。

「木田らしいや。あそこまで人のせいにできれば、何をやっても楽しいでしょうね」

「馬の能力に関してはどう言ってた」

「間違いなく未勝利で終わる、と」

「ほう、楽しみだな」

「初期 馴致《じゅんち》もなってないとか、言いたい放題でしたよ」

高橋の「初期馴致」という言葉で思い出した。先刻の背の高い男は、ジェメロの生産者の宇佐見誠司《せいじ》だ。

祖父が興した宇佐見牧場を継いだ父が急死し、数年前、代表になった。一昨年あたりから生産馬の活躍が目立つようになり、気鋭の若手生産者として注目されている。

小林もセリの会場などで何度か見かけたことがあるのだが、今日の宇佐見は、明るいグレーのスーツとワイドカラーのシャツの着こなしなどが都会人以上に都会的なので、すぐには彼だとわからなかった。

あの堂林が気やすく同行を許すほどだから、よほどの切れ者なのか。あるいは、とり入ることが上手《うま》いのか。

「それより先輩、さっきのは堂林オーナーへの宣戦布告ですか」

「いや、そんな大それたものじゃない」

「あの人、先輩にマークされていることに気づいてないみたいですね」

小林もそう感じた。紙面などで小林の存在は知っていたかもしれないが、顔と名前が一致していなかったことも間違いなさそうだ。

「これで覚えてもらえたかな」

「間違いないでしょう」

ということは、このところ自分を監視している何者かの存在を感じていたのは、堂林の手による者ではないか、小林の錯覚かのどちらかなのだろう。いずれにしても、小林が今関わっている人間や組織のなかに、堂林以上に危険な存在はいない。つまり、誰も自分を狙ってはいない、というのが合理的な結論だ。

少し体が軽くなったように感じた。今夜は久しぶりにぐっすり眠れそうだ。

冬場は靴下を重ね履きしなければ足が痛くなるほど底冷えするのに、夏に向かうこの時期の蒸し暑さは、東京とそう変わらない。これだけ寒暖の差が極端なのは、近くに霞ヶ浦《かすみがうら》という大きな湖があるからだろうか。

茨城の美浦トレーニングセンターに来るたびに、先輩記者の沢村が、酔うと繰り返した言葉が思い出される。

「美浦トレセンをつくるためにあの一帯を整地したら、トラック十台ぶんの蛇が出たらしいぞ。昔、他社のベテラン記者からそう聞いたんだけど、どうやってそんな大量の蛇をトラックに積んだんだろうな」

積めるわけがないし、積んだ蛇を持って行くあてなどあるはずがない。だからその話は嘘《うそ》だ、と笑った。都心から高速道路を使っても一時間半ほどかかるここではなく、ディズニーランドのある浦安《うらやす》や、府中の東京競馬場からアクセスのいい八王子《はちおうじ》あたりもトレセンの建設候補地に挙がっていたらしい。浦安か八王子にトレセンがあれば、取材がずいぶん楽になっていただろう。また、馬主も所有馬の様子を見に行きやすいから、滋賀の栗東トレセン以上に良質な馬が集まり、今のような「西高東低」の勢力分布になることもなかったのではないか。

小林は、ジェメロがいる安西厩舎を訪ねた。

これから調教に出るジェメロが、鞍をつけたり馬銜をくわえたりといった馬装をしているところだった。

「ほーら、ジェメ、じっとして」

馬房の奥から女の声がした。

「腹帯を締めるだけだから。何か気に食わないことでもあるの？」

女の問いかけに頷《うなず》くように、ジェメロが首を大きく上下させ、がっちりした胸前《むなまえ》をスチールの厩栓棒《ませんぼう》に打ちつけた。

「よそ者のおれがいるせいで興奮しているのかな」

小林が言うと、馬房のなかから女が声だけで答えた。

「いや、いつもこうなんです」

「それにしては、新馬戦のパドックで、やけに落ちついていたね」

「あのときは、装鞍所でさんざん暴れて、少し疲れちゃったみたい」

そう言いながら、厩務員の山野美紗《やまのみさ》が馬房から出てきた。汗で前髪が額に張りつき、汚れた手でこすったのか、頬に泥と藁《わら》くずがついている。

「装鞍所には、オーナーも来たのかな」

「堂林さんですか？　うーん、どうだったかなあ」

と眉根にしわを寄せる美紗は、国立大卒で、まだ二十代、しかも美形だ。ひと昔前ならそれだけでマスコミに追い回されていただろうが、今は女性の厩務員や調教助手が珍しくなくなった。

「来たら覚えてるよな」

「だと思います。でも、どうして？」

「いや、ただ……」

「あんな負け方したから、ほかの記者さんは来なくなったのに」

堂林について質問したことを変に思っているわけではなく、なぜ小林がジェメロを見に来たのか訊きたいようだ。

「新馬戦のパドックで感じたオーラが忘れられなくてね」

とってつけた答えではなく、事実、ジェメロには不思議な魅力を感じていた。

「オーラ、感じました？」

「うん。こいつは本物だと思った。疲れておとなしくなったようには見えなかったよ」

「本当ですか!?　聞いた、ジェメ。褒められたよ」

と、美紗はジェメロに曳き綱をつなぎ、厩栓棒を外した。

美紗に曳かれたジェメロは、馬房を出て通路を横切り、厩舎前の敷地にゆっくりと出てきた。そして、小林の前で立ち止まり、尾をビッと鋭く立ててから周囲を睥睨《へいげい》し、また歩き出した。

小林は、一九九〇年代に春の天皇賞を連覇した芦毛《あしげ》の名馬、メジロマックイーンを思い出した。毛色は異なるが、今ジェメロがしたように、馬房から出ると必ず尾を立て、周囲の人馬を睨みつけてから歩き出したという。

——あれ、待てよ。

スマートフォンでジェメロの五代血統表を確かめた。母の父がメジロマックイーンだ。

メジロマックイーンも、卓越した競走能力を見せた一方で、口取り撮影のとき急に後ろ脚で立ち上がったり、調教コースで立ち止まって動かなくなったりと、難しいところのある馬として知られていた。

ジェメロの気性の激しさは、そんな名馬の血によるものなのか。

競馬場で見たときより、さらに顔が引き締まり、目が輝いている。全身のバランスのよさが顔にも出るためか、名馬はみな整った顔をしている。

「ほーら、行くよ」

と美紗に声をかけられ、ジェメロは厩舎周りの馬道で常歩《なみあし》の曳き運動を始めた。

　他馬に後ろを歩かれると嫌がるのだろう、五頭の隊列の一番後ろを歩いている。ときおり前脚を浮かして立ち上がろうとしたり、後ろ脚で尻っ跳ねをしたりするが、耳を絞るわけでも目を剝《む》くわけでもない。制御不能な暴れん坊というより、力があり余っているやんちゃ坊主という感じだ。

　南スタンドの記者席で原稿を書いていると、二つ離れた席に、先日ホワイトナイトがどうこうとメールしてきた赤松が座った。

「なあ、この前のメール、どういう意味だ?」

　小林が訊くと、赤松は今初めて小林がいることに気づいたように目を見ひらき、黙ってパソコンのキーを叩きはじめた。薄い眉を吊《つ》り上げ、二重顎を震わせている。怒っているようだが、気分を悪くしたのはこちらのほうだ。

　記事を仕上げて席を立つとき、赤松のパソコンの画面が見えた。まだ昼前なのに、エロ動画を見ている。やはりこいつはどうかしている。

　翌週、ジェメロが久しぶりに強めの調教をすると聞き、安西厩舎を覗きに行った。ちょうど山野美紗がジェメロを曳き、厩舎の前庭から馬道に出ようとするところだった。

　他厩舎の馬の列が来たので、美紗が立ち止まると、ジェメロも歩みをとめた。そして、

馬の列が途切れたところで美紗が、

「ジェメ、ゴー」

と声をかけると、ジェメロは曳き綱で合図されるより先に、自分から歩き出した。あのわんぱく坊主がよくここまで指示を受け入れるようになったものだと驚いていると、美紗と目が合った。小さく会釈した彼女は、頬を赤らめて馬道に入った。

美紗に曳かれたジェメロが厩舎の前庭に戻ってきた。

すると、「攻め専」と呼ばれる、調教騎乗を専業とする調教助手が来て、ジェメロの鞍に手をかけた。小林がよく知っている男だ。その調教助手が跨《また》がり、美紗が曳き綱をとり外すと、ジェメロの雰囲気が一変した。鋭い目で前を見据え、馬銜を嚙んだ口元を小刻みに動かし、大地をぎゅっと踏みしめるような歩き方になった。これからコースに入って走ることをわかっており、モードが切り替わったのだろう。

「こいつ、乗り味はどうなんだ」

と、ジェメロの背にいる助手に訊いた。

彼は馬上から身を乗り出し、小声で言った。

「この厩舎にいる馬のなかでは、ダントツでいい」

「ほんとかよ。あいつより？」

と小林が古馬のオープン馬を顎で指し示すと、助手は真顔で頷いた。

「やわらかくて、滑るような感じだよ。ただ、一歩間違えると、脆《もろ》さや過敏さが表に出てきそうな危うさもある」

「だったら、木田にはもっとも合わないタイプじゃないか」

新馬戦で乗った木田は地方競馬の出身だ。激しいアクションで馬を動かす、当たりのきつい騎手として知られている。

「うちの先生は違う騎手にしたかったらしいけど、オーナーのご指名だからね」

背中に人を乗せたジェメロは、美紗に曳かれているときより二、三歳大人になったように見える。

調教コースへと向かう後ろ姿に、小さく唸《うな》らされた。トモの筋肉が盛り上がり、知らなければ隣のオープン馬と間違えてしまいそうだ。

調教スタンドから双眼鏡でジェメロの動きを追った。首をリズミカルに上下させ、綺《き》麗《れい》なストライドで気持ちよさそうに走っている。

直線に入り、鞍上《あんじょう》が手綱を絞ると鋭く反応し、ぐっと馬体を沈めた。鞭を一発、二発と入れられても反発せず、どんどん加速する。

見れば見るほど、どうして新馬戦であんな走り方をしたのか不思議になってくる。

曳き綱を手にした美紗が横に来た。

「次は絶対勝ちます」

「だろうな。この動きなら、オープンでもいけそうだ」

「そう思いますか？」

　と美紗が大きな目をこちらに向け、つづけた。

「学習能力がすごいんです。気分さえよければ、教えたことをどんどん吸収して、もう二十ぐらいの言葉をわかっていますよ。今度、記事にしてください」

　ジェメロについて話しているうちに頬が紅潮してくる。ともに過ごす時間が楽しくて仕方がないようだ。

　スタンド前に戻ってきたジェメロは汗ひとつかかず、呼吸も乱れていない。この程度の調教では疲れを感じないほど心肺機能が優れているのだろう。

　稽古をつけた助手が下馬し、美紗に曳き綱をつながれると、ジェメロはまた尻っ跳ねを始めた。反発しているというより、ただはしゃいでいるように見える。

　美紗が振り向き、胸の前で小林に小さく手を振ってから厩舎に戻って行った。


　翌日も安西厩舎を訪ねた。すると、後部の扉をあけて、馬が乗り降りするタラップを下ろした馬運車が入口に停まっていた。厩舎の前庭には、獣医師のワゴンもある。

　アクシデントがあったとき特有の、落ちつきのなさが感じられる。

　美紗に曳かれたジェメロが厩舎から出てきた。馬装をしていない。気のせいか、左前脚を引きずっているように見える。

「どうしたんだ」

と小林が訊いても美紗は答えず、そのままジェメロを曳いて馬運車後部のタラップを上り、ジェメロをつないだ。

ガーンとジェメロが馬運車のなかで壁を蹴る音が響いた。

調教師の安西と獣医師が険しい表情で歩いてきた。

「故障ですか」

という小林の問いに、安西は小さく頷いた。

「洒落《しやれ》にならん。故障というより欠陥だ」

「どういうことですか」

「ボーンシストだってよ」

ボーンシストとは、これがあるとわかった時点で競走馬として商品にならないと言われている脚の関節の疾患だ。

「どうして今までわからなかったんですか」

「それはこっちが訊きたいぐらいだよ、まったく」

と安西はため息をついた。安西は、調教師に多い職人気質《かたぎ》ではなく、気さくで、話好きな男だ。従業員にも好かれているし、記者にも人気がある。

「ジェメロはどうなるんです？」

「このまま牧場に帰るってよ」

「引退ですか」

「そうだ。競走実績はなくても、この血統と馬体なら種牡馬になれるかもしれない」

という安西の言葉は、美紗に対する慰めだろう。ごくまれに、競走馬として走ったことのない馬や一、二勝しかできなかった馬が種牡馬となってそれなりの産駒《さんく》を出すこともある。しかし、ジェメロが生まれた小さな牧場に、馬を一頭余計に飼育する余裕があるとは思えない。よくて乗馬かアテ馬か。おそらく、かなりの確率で食肉市場行きだ。

「ちょっと失礼。診断書をわたさなきゃならないんで」

と獣医が自分のクルマへと向かった。そして、トレセンには似つかわしくないスーツ姿の二人組と話しはじめた。

「あそこにいるのは？」

と小林は安西に訊いた。

「保険会社の連中だ」

「馬の保険ですか」

「ああ。新規参入した外資で、アイランド生命とか言ってたなあ」

「ほかの馬もそこの保険に入ってるんですか」

「いや、ジェメロだけだ。オーナーのご指名でな」

「堂林オーナーの？」

「何も言わないけど、自分も出資してるんじゃないのか。今回も結構な保険金が出るから、自分の懐のなかで金を回してるようなもんだろう」

「なるほど」

検索サイトでアイランド生命のサイトを探し、競走馬保険について見てみた。

先行他社の保険より、加入者が支払う保険料をいくらか低く設定し、オプションの競走能力喪失特約などを高めに設定してある。さらに、骨折の程度や、屈腱炎など、疾病の種類によっていくつもの特約がある。これなら、五〇〇〇万円ほどの高馬がデビュー後に怪我をし、引退することになっても、さほど大きな損にはならない。そのほか、主催者のＪＲＡ（日本中央競馬会）から数百万円の見舞金が支払われるので、馬を買って夢を見て、それが叶《かな》わなければ引退させて保険金と見舞金で元をとり、また別の馬で夢を見る――という贅沢《ぜいたく》な遊びを繰り返し楽しむこともできる。

堂林の所有馬に故障が増えたのは、保険金を手にするためなのか。

馬運車がエンジンをかけた。

まぶたを腫らして降りてきた美紗に安西が言った。

「ほら、笑って見送ってやれ」

美紗は黙って頷いた。

馬運車の扉が閉まると、またドーンと馬が壁を蹴る音がした。ほかにも何頭か乗っているが、蹴ったのはジェメロだろう。

ジェメロを乗せた馬運車が角を曲がって見えなくなっても、美紗はその場に立ったままだった。細い肩が震えている。その美紗が、何か言ったような気がした。

「何だって?」

と小林が訊くと、美紗は、

「やっと心をひらいてくれたのに」

と下を向いたまま言い、厩舎へと戻って行った。

もし堂林が保険金詐欺を主導しているとしたら——。

自分だけが痛みを感じないマネーゲームを楽しむために、馬を心から愛し、馬と過ごす時間を何より大切にしている美紗のようなホースマンを傷つけている。そして、意図して故障させているとしたら、何頭もをその手で殺したに等しい。

断じて許されることではない。

その日、自分の席で堂林に関するデータを整理して、ふと気づいた。

六月に入ってから、堂林の所有馬でレース中に故障したのは、老厩務員が担当していた一頭だけだ。しいてもう一頭パンクした馬を加えるならジェメロということになるが、あの馬はボーンシストなので、育成馬時代、いや、それ以前から患っていた、故障というより「欠陥」と言うべきものなので、種類が異なる。

故障した馬が少なくなったと同時に、重賞を含むオープンばかりでなく、五〇〇万下や未勝利などの下級条件のレースでも勝つ馬がいなくなった。勝てなくなったどころか、五着以内に入って掲示板に載った馬もほとんどいない。

――何があったのだろう。

小林は、成績が急に落ちた堂林の所有馬が所属する厩舎を回り、ほかの馬たちの取材をするふりをして様子を探るようになった。美浦トレセンの近くや千葉の外厩に放牧に出されている馬たちもいるが、放牧先は別々だった。

走らなくなった馬たちに、これといった共通点はなかった。それでも、腑《ふ》に落ちない何かがあるような気がした。しかし、その正体が何なのかはわからないままだった。

競馬記者にとっての本拠地は競馬場やトレセンなどの現場だ。都内の本社での業務は、仮住まいの煎餅《せんべい》蒲団《ぶとん》で寝起きしているような感じがして、しっくり来ない。

そう感じるようになったら本物だ、と以前、先輩記者の沢村が言っていた。沢村は、先週から北海道シリーズの滞在取材に出ている。

小林は本社での業務を終え、地下鉄で新橋《しんばし》に向かった。新橋の駅に近いＪＲＡの施設で午後七時からトークイベントがあり、そのゲストとして招かれているのだ。

ラッシュアワーに地下鉄に乗るのは久しぶりだった。

乗り換え駅のエスカレーターはビルの三フロアほどの高さがあり、傾斜も急だ。ここを下るときはいつも、スキーのジャンプ台を滑り降りるような気分になる。

下りエスカレーターで、小林は左側に立って、カバンを右手に持ち替えた。目の前に、真っ赤なノースリーブの背の高い女が割り込むように入ってきた。小林より一段下にいるのだが、頭が小林の目の高さぐらいにある。右手を腰にあて、肘を張り出しているので、右側を降りる者たちの邪魔になっている。きつい香水が匂った。きな臭いようにも感じられるのは体臭がまじっているからか。

不意に、後ろから右腕をつかまれた。強い力で下に引っ張られ、バランスを崩して尻餅をついた。滑った左足が前に立つ女の両足の間に入ってしまった。立てた膝がスカートの裾に引っ掛かって外れない。

「ちょっと、何すんのよ！」

女が鋭い目で見下ろした。

右側を次々と男たちが駆け降りていく。腕を引っ張ったのは誰だ。ちらっと横顔を見せた野球帽の男か、その手前の黒いジャケットの男か、それとも……。

何とか滑り落ちずに踏ん張った。が、一歩間違えれば、何人、何十人と巻き込んで大怪我をするところだった。

鼓動が速まり、胸が痛くなるほどだった。

立ち上がりながら、女の股の下から左足を抜いた。また女が振り返った。どこにでもいそうな、十人並みの容姿だ。何か言いたげに口をあけたら、歯に口紅がついていた。下りエスカレーターがホーム階に着くまで、腕を引っ張られて転んだときに見たシルエットを頭のなかで再生した。やはり、野球帽の男と、黒いジャケットの男が一番近くにいたような気がする。

ホームに降りると、女は足早に前方のエレベーターの裏側に消えた。二、三歩進んでから振り返り、自分が乗ってきたエスカレーターを見上げてぞっとした。もしあのまま滑り落ちていたら、犯人だって危なかったかもしれない。

気のせいなどではない。確かに右腕をつかまれ、転ばされた。誰かに監視されているかのような「前兆」はなく、突然のことだった。

ホームを先に進み、女と野球帽の男と黒いジャケットの男を探した。

目的地の新橋とは反対方向に行く地下鉄が動き出した。何か妙な残像が目に焼きついているように感じた。今走り去った電車の窓の向こうに、野球帽をかぶった男と、赤いノースリーブの女がいたような気がした。あの女が発したのはひと言だけだったが、妙な外国訛《なま》りがあった。中国か、韓国か。

直接的な危険が去ったと思うと、急に寒けを覚えた。

これは警告なのか。だとしたら、誰が、何のために？　堂林の手の者か。あるいは、別の理由による加害だろうか。単なる悪戯《いたずら》にしては、たちが悪すぎる。

新橋でのトークイベントは盛況だった。

それまで小林は、こうして人前に出るときは、上がらないよう、なるべく観客席のほうを見ないようにしていた。しかし、今回は、ひょっとしたら地下鉄駅で見かけた野球帽の男と黒いジャケットの男、そして赤いノースリーブの女が来るかもしれないと思い、客席の隅々まで見わたして、ひとりひとりの顔を確認しながら話をした。見つけたら即警察に通報するつもりだったが、不思議なもので、こうして客席の全員の顔を見てしゃべるほうが緊張せず、随所で笑いをとれるほど余裕を持てることに気がついた。

地下鉄駅の男女は現れぬまま、イベントは終わった。

ステージから降りると、前から二列目に座っていた三十歳前後の女性が小箱を差し出した。

「どうぞ。小林さんの好きなチョコチップクッキーです」

特別好きでもないのだが、突き返すわけにもいかない。

「ありがとうございます」

「ＰＯＧブログを見て、ファンになりました」

ＰＯＧとは「ペーパーオーナーズゲーム」の頭文字で、一口馬主と同じように、一頭の馬を複数の人間で所有すると仮定して、その馬が得た賞金に応じた景品などが配分される遊びだ。東都日報レース部でもＰＯＧブログを立ち上げ、各記者が推奨馬を数頭ずつ挙げている。女性がつづけた。

「小林さんの熱いコメントが好きです」

「コメント？」

「はい、『匿名の書き込みなんか意見として認めない』っていう考え方に、私も共感しました」

「はあ」

確かに、名前やプロフィールを隠して論客を気取る人間は卑怯《ひきょう》だと思うが、それをどこかに書いたことはないはずだ。そもそも、ＰＯＧブログにコメントなどした記憶はない。月に一度ほど持ち回りで推奨馬の近況を記すだけで、そこにどんなコメントがつけられるかをチェックしたこともなかった。

イベントの司会をした元グラビアアイドルの女性キャスターは撮影やサインに応じていたが、小林は上階の控室に戻った。

ポットに入っていたコーヒーを飲み、大きく息をついた。

先刻の女性の言葉がちょっと引っ掛かったので、スマホで社のＰＯＧブログをひらいてみた。いくつかの記事のコメント欄も確かめたが、自分自身の書き込みはもちろん、小林という名を使った書き込みも見当たらない。

あの女性が話していたブログというのは、別のブログなのだろうか。

静かな夜だった。二十分ほど経っても、誰も控室に戻ってこない。おかしいな、と思ったとき、携帯が鳴った。後輩の高橋からだった。

「先輩、今どちらですか」

「新橋でイベントが終わったところだ」

「何も聞いてないですか」

「何をだ」

「今さっきまでずっと警察がいたんです」

「警察が？」

「沢村さんが、死にました」

「何だって!?」

「マンションの部屋で首を吊っていたそうです。警察は、先輩にも話を聞きたがっていました」

しばらく言葉が出てこなかった。

あの沢村が死んだなんて信じられなかった。ましてや、首を吊って自殺したなんて。

「ちょっと待てよ。あの人、今は函館《はこだて》のはずじゃ……」

「ぼくも警察にそう言ったんですけど、都内の自宅で亡くなったそうです」

控室のドアがそっとあいた。イベントを仕切っていたプロデューサーが顔を見せ、申し訳なさそうに言った。

「小林さん、警察の方が――」

「はい、聞いています」

電話を切って廊下に出ると、入れ替わりにイベントのスタッフやキャスターがぞろぞろと控室に入って行った。みな疲れたような顔をしている。

「東都日報の小林真吾さんですね。麻布《あざぶ》警察の門田《かどた》です」

体格のいい五十がらみの刑事が警察手帳を見せた。横に立つ四十歳前後の細身の男は河原《かわはら》と名乗った。

今ここにいるということは、東都日報本社に行った刑事ではないのだろう。これだけの人数が動くということは、単なる自殺ではなく、事件性があると見ているのか。

ＪＲＡの広報部の職員が、隣の部屋の鍵をあけた。

小林は奥に座らされ、二人の刑事は入口側に座った。刑事ドラマで見た取調室と同じ座り方だ。年配の門田刑事が切り出した。

「お宅の沢村さんが亡くなりました」

「さっき、社の者から電話で聞きました」

「沢村さん、ずいぶん借金があったようだね」

急にぞんざいな口調になった。

「詳しくは知りませんが、あってもおかしくないと思います」

小林はそこでいったん言葉を切って、二人の刑事を見た。自分も取材対象にかなり不躾《ぶしつけ》な質問をするほうだが、これほどではない。

「刑事さん。いろいろお答えする前に、どうしてぼくが聴取の対象になるのか、理由を教えてもらえますか」

二人は顔を見合わせた。その様子から、組織での上下関係は年齢と逆なのかもしれないと思った。

やはりそうなのか、若いほうの河原が言った。

「沢村さんが残したメモに、あなたの名前が一番多く記されているんです。とはいっても、あなただけではなく、みなさんにもひととおりお話をうかがっているので、他意はありません」

「ぼくの名前が、ですか。どんなふうに?」

「捜査中なので、すべて申し上げるわけにはいかないのですが、『危険』だとか、『要注意』といった言葉とともに記されています」

自分の名が何度も出てきたのは、堂林が絡んでいるからか。しかし、今は自分から堂林の名前を先に出すべきではないような気がした。

「ぼくに危険が迫っているから注意しなければならないという意味なのか。逆に、ぼくに注意しなければならないという意味なのか、どっちでしょう」

「それはこっちの質問だ」

と門田が口角を上げた。

小林は背もたれに寄り掛かって脚を組み、

「初対面の人間にそんな口が利けるほど、君は偉いのか。それともただ礼儀を知らないだけなのか。って、こいつに言ってやんなよ」

と河原を見て、門田のほうへ顎をしゃくった。

「何だとぉ」

と気色ばんで腰を浮かせた門田を河原が手で制した。

「沢村さんは、どんな人でした？」

「わざと相手を怒らせて、人を試すようなところがありました。今、ぼくがしたように」

と小林が言うと、門田はさらに眉を吊り上げ、河原は口元だけで笑った。

どうやら、自分は被疑者の候補になっているらしい。「参考人」というやつだ。沢村がどんな死に方をしたのか言わないのも、犯人なら知っているはずだからか。

「首を吊っていたそうですね。自殺するような人ではないと思っていたのですが」

「正確には、首を吊った状態で見つかりました」

「その言い方からして、事故ではなく、事件と見ているんですね」

河原は、それには答えず、一枚の写真をテーブルに置いた。

女の写真だ。二十代後半から三十代前半ぐらいか。拡大されているぶん輪郭はぼやけているが、かなりの美形に見える。

「この女性に見覚えは？」

「いやあ……」

さっき地下鉄駅のエスカレーターで前に立った女と年格好は同じだ。ヘビのようなあの女も、化粧を変えればここまでいい女になれるのだろうか。

「今日のところは、これで結構です」

二人の刑事は、小林の話を聞きたかったというより、沢村の死に関する反応を確かめたかったのだろう。河原の余裕を感じさせる態度が気になった。沢村と堂林の関係や、小林が堂林を追いかけていることについて、何かを探っているのだろうか。

新橋のビルを出ると、雨が降りはじめていた。

七月だというのに、今年は涼しい日が多い。ＪＲＡの開催は、東京、阪神などの中央場所から、北海道、福島、中京などのローカル競馬場に移っている。いわゆる「夏競馬」のシーズンである。堂林の所有馬のほとんどが休養に入った。

堂林がらみの動きが少なくなったのと反比例するように、別の面倒な案件が持ち上がっていた。ネットの世界で「東都日報の小林真吾」の名を騙《かた》る者が現れたらしいのだ。

小林になりすましている者は、正義感に溢《あふ》れ、雄弁で、女性に優しく、総じて好感度は高いという。しかし、SNSやブログのコメント欄などで論争になった相手を徹底的に叩きのめす攻撃的な一面もあり、一部では深い恨みも買っているらしい。

最初に気づいたのは後輩の高橋だった。

「先輩、ツイッターやフェイスブックなんて、やってましたっけ」

「いや、何年か前、部長に言われて、それぞれ宣伝用のアカウントをつくっただろう。最初のひと月ぐらいは更新していたけど、あとはずっと放置したままだ」

「じゃあ、うちのPOGブログのコメント欄に書き込んだことは？」

「あるわけないだろう」

「ですよね。やっぱり、これ、なりすましだな」

「どういうことだ」

「東都小林とか、東都コバというハンドルネームで、あちこちのサイトに現れては論争を吹っ掛けてるやつがいるんスよ。先輩じゃないってわかったから言いますけど、ホワイトナイト気取りの、いけすかない野郎でね」

「困っている人を助けるホワイトナイトか。そういえば、関東スポーツの赤松がそんなことをメールしてきたことがあったな」

「お礼をしたいと言われたら、だいたい『チョコチップクッキーがいい』と答えているんだけど、『貴女《あなた》の愛をこめたチョコチップクッキーがほしい』とか、アホなこと書いてることもあるんスよ」

新橋のイベントで会った女性が、どうして自分の好物がチョコチップクッキーだと思ったのか、このときわかった。

「そいつの書き込み、どこにある？」

「ちょっと待ってください、アドレスを転送します……あ、また消されてる。こいつ、証拠が残らないように、すぐ自分の書き込みを消去するんです。総務の法務担当に言って、法的処置をとると警告してもらったらどうです」

「いや、そこまでする必要はないんじゃないか。そのうち、やめるだろう」

ところが、なりすましはその後もつづいた。

そして、こちらから言わなくても、法務担当から呼び出しがかかった。担当者は、最近商社から転職してきた、弁護士資格を持つ中井《なかい》という女性だった。小林と同じくらいの三十代半ばだろうか。細身で、銀縁のメガネが、知的だが、冷たい印象を与えている。

「確認ですが、これらの書き込みは小林さんご自身によるものではないのですね」

と中井は、東都のPOGブログのコメント欄のスクリーンショットをプリントアウトしたものを数枚差し出した。

「ぼくではありません。IPアドレスを調べてもらえばわかるはずです」

「中国や韓国のサーバーを経由しているので、追跡できません。小林さんがそれらのサーバーを使用した可能性もゼロとは言えないんです」

「まあ、そうかもしれないけど、こんなふうに『何々する事』とか『した筈《はず》』とか、『こと』や『はず』をひらかないで漢字にするあたり、見るからに文筆の素人のネットオタクでしょう」

と小林はプリントアウトの書き込みを指さした。「ひらく」とは出版用語で、ひらがなにする、という意味だ。

「それだって、プロの記者だとわからないよう、わざと表記を記事とは変えているかもしれない」

と言った中井は、不意に口元を押さえて下を向いた。笑っていると気づくまで、少し時間がかかった。

「何がおかしいんです」

「ごめんなさい。ムキになって否定するものだから」

「そりゃ、あんなこと言われたら、ムキになりますよ」

「少なくとも私は、小林さんではないと思っています。でも、これだけ執拗《しつよう》につづけられると、ひょっとしたら小林さん自身なのではと思いはじめる人が出てきても不思議ではないし、現に、社内にも疑っている人がいます」

「そんな……」

「理不尽ですよね。ですから、法務としては、何らかの規制をかけるべきだと考えています」

「規制って、どんな?」

「例えば、小林さんのなりすましが書き込んだらすぐ、私が社の法務担当として警告の書き込みをする。あるいは、公式サイトやレース部のブログに『当社の記者の名前を無断で使用した人には法的措置を講じることもあります』と注意書きを入れる。書き込みが悪質な方向にエスカレートしたら、紙面に掲載することも考えなければなりません」

「大げさな感じがするなあ。会社のイメージのためだとしても、そういう問題を抱えているると公表するのは、こちらにもマイナスになるんじゃないですか」

「わざわざ大ごとにしたくないという人もいるから名誉毀損は親告罪になっているんですけど、こうして規制をかけておけば、相手が小林さんになりすまして会社や個人の名誉を侵害してきた場合、事件化するうえで有利になるんです」

と言う中井の目が輝いてきた。人のトラブルがこの女の栄養源なのか。

「事件化ねえ」

「可能性はありますよ。小林さんのなりすましが、女性ユーザーに連絡するよう誘っていることもあるようです。そのうち『東都の小林記者に肉体関係を強要された』なんて言ってくる人が出てくるかもしれません」

「冗談でしょう」

「小林さんになりすましている人が、自作自演で加害者と被害者の両方を演じることも考えられます。相手に害を与えている人間は、自分が加害者からもっとも遠い被害者になり切れば安全だと考えるんです。なりすましをしている人間ほど、自分がなりすましをされたと騒ぐ。犯罪者心理とはそういうものです」

「わかりました、対処はお任せします」

「では、まずは公式サイトの注意書きから始めましょう。混乱しないよう、小林さんにはしばらくの間ブログでの執筆をお休みしてもらいます」

「ぼくは社員だからいいけど、これがフリーランスの書き手なら、なりすましの登場によって原稿料収入がなくなってしまうところですね」

「ええ、前の会社でも似た案件を処理したことがあるんですけど、なりすましの存在が大きくならないうちに策を講じるべきなんです。ネットの世界では、小林さんのように半ば公人と言える有名人も、無名で社会的地位がないに等しい人も、同じ力を行使できる。だから、気をつけすぎるぐらい気をつけてちょうどいいんです」

輝いていた中井の目が潤んでいる。左手の薬指に指輪がないところを見ると独身か。美人の部類に入ると思うが、プライベートでの付き合いは勘弁願いたいタイプだ。もう少し話しやすいタイプだったら、地下鉄駅で自分を襲った連中についても相談してもいいが、この件はまだ当分、自分ひとりで抱えなければならないのか。

レース部に戻ると、どっと疲れが出てきた。


北海道シリーズは六月中旬から始まり、函館六週間、札幌六週間の計十二週間、つまり丸三カ月間行われる。今年は沢村が担当する予定だったのだが、急きょ、残りの函館開催と、その後の札幌開催を高橋が担当することになった。

「勘弁してほしいっスよ。若手で行きたがってるやつはほかにもいるのに」

と本社に近い居酒屋で、高橋は口をとがらせた。普通、北海道シリーズの担当になった記者は喜ぶのだが、高橋は最近、都内の広告代理店に勤める彼女ができたらしい。

「ときどき彼女を北海道に呼べばいいじゃないか」

「無理っス。ぼくより忙しいんだから」

と高橋はジョッキを空にした。

「ちょっと会わないだけでダメになる程度の仲なら、別れてよかった、ってことになるんじゃないか」

「人ごとだと思って、ひどいこと言わないでください」

と大きなため息をついた高橋は、翌日、函館へと飛んだ。

福島と中京で走る馬についての原稿を書きながら、ふと思い出した。ジェメロが登録を抹消されたという報《しら》せを受けとっていないような気がする。JRAのプレスリリースを見落としたのだろうか。日本軽種馬協会の馬名検索サイトで調べてみたら、ジェメロはまだ抹消されておらず、馬主が「堂林和彦」から「宇佐見誠司」に、調教師が「安西義和」から「原宏行《はらひろゆき》」に変わっている。

引退させたわけではないようだ。

転厩させて、現役を続行させるつもりなのか。だが、ボーンシストを患った馬が復帰した例など聞いたことがない。

それにしても、厄介な厩舎に移ったものだ。

ジェメロの新たな管理調教師となった原は、三十代後半と調教師としては若手ながら、ここ数年つねにリーディング上位につけ、管理馬がGIを十勝以上している。だが、共同会見以外はマスコミの取材には一切応じず、厩舎内への立ち入りも制限している。理由はわからないが、おおかた調教助手時代に嫌な思いでもさせられたのだろう。代わりに番頭格の調教助手がスポークスマンとなって取材対応をしている。いつも厩舎以外の場所で話を聞くか、電話で済ませることになる。

この厩舎に所属したがゆえに、普段の様子やキャラクターがわからなくなり、人気者になりそこねた馬が何頭もいると言われている。しかし、この厩舎に入ったからこそ重賞を勝つほど強くなった馬のほうが、数のうえではずっと多い。

原厩舎のスポークスマンをしている調教助手の谷岡《たにおか》の携帯にかけようとスマホの通話ボタンを押しかけて、苦笑した。

自分が追いかけているのは堂林だ。ジェメロはもはや堂林の所有馬ではない。これ以上あの馬を追いかける意味はあるのだろうか。

いや、意味だとか意義なんてものは、あとからわかるものだ。先にそっちを考えたら、何もすることがなくなる――これも沢村に教えられたことだった。

谷岡の携帯を呼び出した。すぐに「はいよ！」と、寿司《すし》職人のように威勢のいい声が応じた。話し方そのままの陽気なこの男と、知的だが陰険な感じのあの原が、よく上手くやっていられるものだといつも感心する。

「おう、コバちゃんか。珍しいな」

「今、電話大丈夫か？」

一ダメだって言っても切らねえくせに、何言ってんだよ」

「お宅に転厩してきたジェメロという二歳馬のことなんだが」

「ああ、あれな。テキがえらい勢いで預かることを決めてきてよ」

テキとは調教師のことだ。騎手を逆にして読み方を変えたのが語源と言われている。

「でも、あの馬を入れたことで、ところてん式に追い出された馬がいるわけだろう」

調教師が管理できる頭数は上限が定められている。原厩舎には馬房が二十八あるので、その二・五倍の七十頭だ。トレセンの馬房に入っている二十八頭以外の馬は、外部の育成場などに放牧に出されている。

「二歳のラインナップを増やして、馬主が高齢馬を早めに手放す流れをつくる、っていうのも厩舎の方針なんだ」

「だとしても、復帰するまで下手《へた》すりゃ年の単位で時間がかかるか、このまま登録抹消っていう馬だぞ」

「おれもそれは言ったよ」

「まあ、確かにいい馬だがな」

「それだよ。同じ新馬戦にうちの馬も使ってたんだけど、テキはジェメロが直線で大暴れするのを見て、『いい馬だ、いい馬だ』って繰り返してさ。自分のボスながら、頭のなかがどうなってんのか、よくわかんねえよ」

と谷岡は豪快に笑った。そして、思い出したようにこう加えた。

「そういえば、この前亡くなったお宅の沢村さんも、転厩が決まったころ、すぐ電話してきたな」

「沢村さんが?」

「どこに放牧に出すのか訊かれたから、故郷の宇佐見牧場だって伝えたんだけど、驚いたな。あんなことになってよ」

なぜ沢村はジェメロについて調べていたのだろうか。ジェメロを追いかけていたことと、沢村の死に何らかの関連があるのだろうか。

結局、沢村の死は自殺として処理されたようだ。小林は、新橋のイベントビルで二人の刑事に聴取されて以降、警察に呼び出されることなく今に至っている。

警察は沢村と堂林の接点を見つけ出したのか、否か。いや、そもそも、あの二人にはつながりなどなかったのだろうか。

考え込んでしまい、谷岡の電話の声が耳を素通りした。

「ごめん、何だって?」

「だから、手術したって言ってたよ。宇佐見さんが」

「誰の?」

「ジェメロに決まってんだろ」

「ボーンシストに手術なんてできるのか」

「牧場に帰ってすぐ、屈腱炎と同じ幹細胞移植手術をしたらしい」

患部以外の部位から幹細胞を移植し、患部の細胞を再生させる手術は、十年ほど前から行われている。それにより、かつては「不治の病」と言われた屈腱炎を発症したGI馬が、復帰後またGIを勝った例もある。

谷岡との電話を切って、考えを整理した。

自分が堂林和彦の身辺を調べ出したのは年明けからだ。

春ごろから、駅や本社周辺で、自分を監視するような視線を感じるようになった。堂林を追いかけていることを沢村が口に出したため、記者クラブで他社の記者に知られたのもそのころだ。

レース中に故障した堂林の所有馬は、今年の上半期だけで五頭もいる。

六月の二週目、堂林のジムがあるビルに沢村が出入りしていることを知った。ホワイトナイトを気取る小林のなりすましが現れたのはこのころだ。

六月の三週目、ジェメロの新馬戦終了後、囲み取材で初めて堂林と話をした。

七月の一週目、ジェメロが故障し、美浦から北海道に移動し、手術を受けた。美浦で保険会社の人間を見かけた。堂林はその保険会社に出資しているらしい。ジェメロの所有権は堂林から生産者の宇佐見に移り、原厩舎に転厩した。沢村が原厩舎の助手にジェメロについて問い合わせの電話を入れた。

そして七月の二週目、小林は地下鉄駅で何者かに襲われ、沢村が死んだ。

それらを時系列に従って手帳に書き出し、腕を組んで眺めた。

故障した五頭、ジェメロを入れて六頭の厩舎名と生産者名、騎手名も書き出した。

――共通項はこのくらいかな。

騎手の木田正平が、六頭のうち四頭に乗っている。しかし、木田はもともと堂林の主戦として起用されており、故障していない堂林の所有馬にも数多く乗っている。

これらの出来事や人間たちには何らかのつながりがあるのか。それとも、それぞれが別々に起きたり、たまたま居合わせたりしただけなのか。

自分に危害を加える者がいるとしたら、目的は、今の動きをストップさせることか。となると、堂林本人か、堂林に近い人間か。保険会社の人間かもしれない。ライバル紙の誰かという可能性はどうか。いや、スクープとしては面白いネタだが、こうした暗部が表に出ることを主催者のＪＲＡは望まないし、持ちつ持たれつの記者クラブとしても、積極的に関わりたいネタではない。ホワイトナイトがどうのとメールをしてきた関東スポーツの赤松の顔が浮かんだが、そこまで恨まれる覚えはない。そもそも、何者かの視線を感じるのは気のせいで、地下鉄駅での件も事故だった、という可能性もある。

自分はどうすべきなのか。自分が本当はどうしたいと思っているのかも、よくわからなくなってきた。

そのとき、小林のスマホが鳴った。北海道にいる高橋からだった。

「先輩、ぼく、もう帰りたいっス」

高橋は、昨夜彼女と連絡がとれなかったらしく、ひどく落ち込んでいた。

「何だよ、そんなことで電話してきたのか」

「そんなことって、ひどいなあ。せっかく先輩が喜びそうなネタを仕入れたのに」

「どんなネタだ」

「堂林オーナーがこっちに来てるんです」

「何だって?」

と小林は身を乗り出した。これまで堂林は北海道シリーズに所有馬を使ったことはなく、新馬も、秋の中山が開幕するまで使い出しを待っていた。

「去年のセレクトセールで買った一億円超えの二頭も、函館に入厩させて、札幌でデビューさせるみたいっス」

どうやら後輩と利害が一致したようだ。

「札幌開催から、おれとお前が交代できるよう、デスクに掛け合ってみるよ」

「そう来なくっちゃ。頼んます!」

久しぶりに高橋の元気な声を聞いた。

2

毎年七月中旬、日本最大のサラブレッドのセリ市であるセレクトセールが、苫小牧《とまこまい》のノーザンホースパークで行われる。愛らしい仔馬《こうま》に億の値がつけられることも珍しくない。それに対し、翌週、日高で行われるセレクションセールは価格が下がり、中小の牧場も生産馬を上場する。安くなるといっても、平均落札価格が一六〇〇万円以上なのだから、サラブレッドビジネスを取材していると、金銭感覚がおかしくなってくる。

セレクションセールの週で函館開催は終わり、北海道シリーズの舞台は札幌競馬場に移る。

競馬場取材のほか、札幌のホテルと日高の生産地を行き来するための足が必要なので、小林は、自分のフォルクスワーゲン・ゴルフで福島開催の取材に行き、仙台からカーフェリーで苫小牧に入った。

午前十時、苫小牧西港に接岸したフェリーの車両甲板から、クルマで上陸した。運転席の窓をあけると、ひんやりとした風が入り込んでくる。この風の感触からして本州とは違うし、道沿いの建物や木々の色合いまで明るく感じられる。

ここからだと、札幌競馬場のある市内中心部から行くより三十分以上早く日高町門別《もんべつ》地区の宇佐見牧場に行くことができる。

小林は、「月刊うま便り」編集長の浜口《はまぐち》の携帯を呼び出した。

「おっ、コバちゃんか、なしたァ?」

見事な北海道弁が聞こえてきた。浜口は大阪で生まれ育ち、二十年ほど前、広告代理店の営業マンとして札幌に赴任してきた。ところが、大阪弁が胡散臭《うさんくさ》く思われたらしく、営業成績はさっぱりだった。それで地元の言葉に直したとたん営業部のエースとなり、独立して出版社を立ち上げ、今に至る。

「さっきフェリーで苫小牧に入ったんです。浜口さんは今どこにいるんですか」

「新冠《にいかっぷ》だ。セレクションセールで売れた馬の取材さァ」

「じゃあ、このあと昼飯でも一緒にどうです?」

「何はんかくせえこと言ってんだ。そったら急によ」

「ダメですか」

「なーんて、大丈夫だ。したら、十二時に新冠のベンチマークでいいかい」

そこは国道沿いの馬の壁画の下にあるカフェだ。門別を通り越して三十分ほど行ったところにあるのだが、天気もいいし、久しぶりに北海道をドライブするのも悪くない。

店に入ると、すでに浜口は窓際の席に腰掛けていた。やめたほうがいいと何度も言っているのに、サングラスをかけている。話し方は優しく、いかにも人がよさそうなのだが、見てくれはコワモテなのだ。

「コバちゃん、いつまでこっちにいるのさ」

「札幌開催が終わるまでです」

「それは、ゆるくねえな」

ゆるくない、は、きついという意味だ。

浜口の背後のマガジンラックにも、レジの横にも「月刊うま便り」が置かれている。馬産地情報が充実したフリーマガジンで、発行部数は十万部。全国の競馬場や場外馬券売り場のほか、日高では、ホテルの部屋にも聖書と一緒に置かれている。それを浜口は札幌の小さな事務所で、ほとんどひとりでつくっている。

煮込みハンバーグを注文し、浜口に訊いた。

「門別の宇佐見牧場って、取材したことありますか」

「あるよ、何回か」

「じゃあ、代表の宇佐見誠司さんも？」

「まあ、話したことはあるけど、あんまり感じのいいやつじゃねえべさ」

「浜口さんが人のことを悪く言うなんて、珍しいですね」

「いや、珍しいのはあいつのほうだ。北大の獣医学部ば出て、頭がいいもんだから、周りがみんなバカに見えるんだべ」

「年齢は、ぼくと一緒ぐらいですよね」

「だと思うけど、コバちゃん、いくつだっけ」

「三十四歳です」

「うーん、先代が去年亡くなって、七十歳前なのに、ってみんな残念がってたから、息子はそんなもんだべな」

と浜口は太い腕を胸の前で組み、つづけた。

「先代もインテリでな。ほんとか嘘かわかんねえけど、弁護士の資格ば持ってたって噂だぞ。物静かな人で、息子みたいに、人を小バカにしたようなところはなかった。あの人が生きていれば、もっと取材しやすかったんだけどな」

「競走馬のふるさと案内所のサイトによると、一般見学は受け付けてないんですよね」

「そうだべな。マスコミば下に見てんだから、ファンに対しても同じだべ」

「じゃあ、アポなしで押しかけるしかないか」

「そったらことしても、門前払い食らうだけだ。そうまでして、何を調べてんのさ」

「あそこの生産馬のジェメロについて、です」

「ああ、ディープ産駒の二歳な。マックイーンの肌だっけ?」

母の父がメジロマックイーンという意味だ。馬の話になると、浜口は急に敏腕編集長の顔になる。さらにつづけた。

「庭先取引で三〇〇〇万って聞いたな。セレクトセールに出しておけば、もっといい値がついたべさ。馬っぷりもいいしよ」

「宇佐見代表は、ジェメロを買った堂林オーナーと特別な関係でもあるんですかね」

「うーん、どうだべか。わかんねえなあ」

「堂林オーナーがわりと最近、北海道に来ていたようなんですが、浜口さん、堂林とやりとりしたことは？」

「いや、ない。何、コバちゃん、堂林のことも調べてんのか」

「ええ、まあ、ジェメロの元のオーナーですから」

「本当か嘘かわかんないけど、あのオーナーは自分の馬を馬名じゃなく番号で覚えてるらしいぞ。本当か嘘かわかんねえけどな、うん」

浜口が「本当か嘘かわからない」と繰り返すときは、だいたい「本当だ」と思っているときだ。

「ジェメロはパンクしてこっちに帰ってきて、手術したって聞いたんですが」

「幹細胞移植手術だべ。手術した獣医ならよく知ってるぞ」

浜口はスマホの名刺管理アプリで一枚の名刺を表示させた。

〈阿部アニマルクリニック　獣医師　阿部《あべ》一之進《いちのしん》　犬猫から牛馬まで〉

という文字の横に、パンダとタツノオトシゴのイラストがプリントされている。

「古風な名前のわりに、ずいぶん変わった人みたいですね」

「おもしいやつでな。まじめなんだかふざけてんだかわかんねえんだ。宇佐見牧場の代表と北大で同期だったんでねえべか」

住所は静内古川町《しずないふるかわちょう》になっている。

「この人のクリニックは近いんですか」

「クリニックなんて立派なもんでねえ。こっからクルマで十五分くらいさ」

「そうですか。浜口さんの紹介って言って、連絡してもいいですか」

「もちろん。そいつが宇佐見牧場の代表に口利いてくれっかもしんねえけど、あまり期待しないほうがいいかもな」

浜口はそう言いながら、出て行く客に手を挙げた。店の人間はもちろん、客のほとんどが顔見知りのようだ。

「さすが浜口さん。これじゃあ悪いことできないですね」

「おれはそったら心配ねえけど、お宅の沢村さん、大変だったな」

「はい。ずっと目標にしていた先輩だったんで」

「そうか。まあ、相手が悪かったべさ」

と浜口はタバコの煙を天井へと吹き上げた。

「相手？」

「知らねえのか。これだ」

と声をひそめて右の小指を突き立てた。小声になっても仕草が大げさなので、隣のテーブルの客が横目でこちらを見ている。

「え？　どういうことですか」

と小林は、浜口の右手を押さえて小指を引っ込めてもらった。

「よりによって、ネイビーファームの紺野《こんの》代表の若奥さんとできちまったのよ」

「元タレントの村本綾香《むらもとあやか》ですか」

綾香は、民放の競馬番組のリポーターとして馬産地を取材したとき、ネイビーファーム代表の紺野と知り合い、結婚した。親子ほどの「年の差婚」としても話題になった。

「そう。やっぱり、普通の色香じゃないんだべな。春ごろから、このへんでしょっちゅう沢村さんば見かけたぞ」

「それは紺野代表も知ってるんですか」

「当たり前だべさ。馬産地は広いようで狭いから、朝に門別で起きたことは、夕方には浦河《うらかわ》にまで伝わるからよ」

新冠のネイビーファームは昭和の初めからつづく名門オーナーブリーダーだ。多くの競走馬の所有者であり、生産者でもある。

「ネイビーファームは、新聞記者でもスーツじゃないと追い返されるくらい、いろいろうるさいんですよね」

「おう、コバちゃんの今日の格好じゃ、まるでアウトだべ」

小林はジーンズにポロシャツだった。チノパンにドクロマークのTシャツの浜口もダメだろうが、そもそも、取材でドレスコードのある生産牧場などほかにない。

「そういうのは紺野代表の方針なんですか」

「だべな。牧場も隅々までピッカピカだ。親方が厳しすぎるから、従業員も長つづきしないのさ。その代わり、こっちが礼を失しなければ、ものすごく丁寧に対応してくれる。でもよ、ほれ、馬はそういうのを敏感に感じとるべさ。あんまり窮屈な雰囲気だから、走らなくなったんでないかい」

かつては毎年のように生産馬がGⅠレースを勝っていたのだが、ここ十年ほどは低迷している。

それにしても、今日は浜口に、宇佐見牧場について訊くだけのつもりだったのだが、思わぬところからまた沢村の名が出てきた。沢村は、本当にネイビーファームの紺野代表の妻と関係があったのだろうか。

「沢村さん、相当持って行かれたらしいな、これ」

と浜口は、親指と人指し指で「カネ」を表す輪をつくった。

「確かに、紺野代表から慰謝料を請求され得る事案ですね」

「怖いなあ。コバちゃんも、沢村さん以上の男前なんだから、気をつけれよ」

と、浜口はサングラスを外し、午後の陽射しに目を細めた。

夜、一緒にすすきのを歩くと、すれ違う人がみな道をあけてくれる。この頼もしい知人に、今回の滞在ではまた力を借りることになりそうだ。


翌日、小林は、浜口に紹介してもらった静内の獣医を訪ねた。

「阿部アニマルクリニック」と入口の上に大きく横書きされているのだが、最初は見落として通りすぎてしまった。「クリニック」の「リ」のペンキが剝げて「ノ」のようになっており、「クノニック」と読んでしまったからだ。

獣医の阿部一之進は、挨拶もそこそこに、ボーンシストの説明を始めた。

「ボーンシストは『軟骨下骨嚢胞《なんこつかこつのうほう》』のことで、関節の軟骨の深い部位に、嚢胞、簡単に言うと膿《うみ》の入った袋ができてしまう疾患です。空洞と考えてもらって結構です。発育期の若駒に多く、痛みを伴うため跛行《はこう》が見られます。原因は諸説ありますが、よくわかっていないのが実情です。シストの画像、見ますか？」

と、阿部は、タブレットに馬の後ろ脚のレントゲン写真を表示させた。一之進という武士のような名で、牛や馬など大型動物を扱う獣医なのだから、大柄な豪傑タイプをイメージしていたが、目の前にいるのは、色白で黒縁のメガネをかけた、学者のような男である。

この獣医以上に、建物が「らしさ」を感じさせない。元は乾物屋だったらしく、間口がやけに広い。その一階の土間に、ガタつくパイプ椅子と、どこかの小学校からもらってきたような机が置いてある。

入院中の動物も、ペットを診察に連れてきた人間もいない。室内に漂う薬品の匂いだけが、ここが動物病院であることを思い出させる。

阿部はさらにつづけた。

「治療法としては、搔爬《そうは》術、つまり、患部の軟骨を搔《か》き出したり、ステロイドを注入したりします。治癒率はいろいろな数字が出ていますが、まあ、半々ぐらいだと思ってもらうといいでしょう。幹細胞移植は症例が少ないし、症状によってまちまちなので何とも言えませんが、何もしないよりはいくらか治癒率が高くなるというのが実感としてあります」

「治ったとして、どのくらいかかるのが普通ですか」

「早くて半年ですね。シストにネジを貫通させて固定・補強する治療法も行われるようになり、これだと術後四カ月ほどで調教を行ったという例も報告されています」

今回は、有力馬や人気騎手の近況以外の暇ネタとして、馬の疾患と最新の治療法に関する豆知識をコラムで紹介することになり、その取材という名目でここに来ていた。

「先生が直近でその手術をしたのはいつですか」

小林は、この訪問の本当の目的に切り込んだ。

「ついこの前ですよ。これがカルテです」

阿部は、特に警戒する様子もなく、タブレットに電子カルテを表示させ、つづけた。

「ジェメロという二歳牡馬です。生産者の宇佐見君は大学の同期でしてね。彼のほうからこの手術を提案してきたんです」

「ということは、その宇佐見さんも獣医の免許を持っているんですか」

「はい。日高には、彼のように『エセ獣医』と冗談めかして呼ばれる獣医がたくさんいるんですよ。ほとんどが牧場の経営者や場長といった要職についていて、馬を診《み》ている時間がない人ばかりです」

「阿部先生は、ジェメロ以外にも、ボーンシストの細胞移植手術をしたことは？」

「ボーンシストはこの一例だけです。屈腱炎なら何頭もあります」

その言葉をメモして、さらに訊いた。

「宇佐見さんに、手術したジェメロの取材をさせてもらいたいのですが、先生から紹介していただけませんか」

「いいですよ」

と気軽に応じた阿部は、スマホで宇佐見を呼び出した。

宇佐見が出て、話しはじめた。その様子から、互いの電話番号を登録してあり、しばしば連絡をとり合っていることがわかった。

「……何でだよ、そうか。ええっと、ちょっと待ってな」

と阿部はテーブルから小林の名刺をとり上げ、宇佐見と話しつづけた。

「東都日報の小林さんという人。うん、携帯の番号は……」

と連絡先を伝えていいかと目で訊いてきたので、小林は頷いた。

電話を切った阿部は、申し訳なさそうに言った。

「基本的にNGだそうです。まだ術後のケアが大切な時期だからと。大丈夫になったら、自分から小林さんに連絡すると言ってたけど、あの口ぶりだと、どうかなあ」

「仕方がないですね。ありがとうございました」

「あいつ、あまりマスコミが好きじゃないのかもしれません」

小林は知っていたが、初耳であるかのように頷いた。

「じゃあ、ジェメロをどんな経緯で引きとるようになったのかは、前のオーナーの堂林さんに取材するしかないですね」

「あの人のほうが気難しいんでないかい」

と阿部は急に北海道弁のイントネーションになった。

「とっつきやすい人ではありませんが、質問には答えてくれます」

「何でも、宇佐見は、売値の半額で買い戻したらしいですよ。庭先だから、もともとの売値がわからないんですけど」

先ほどまでの口調に戻っていた。

「三〇〇〇万円ほどと言われていますね」

「あの血統だと、そんなところかな。だとしたら、あのオーナー、トントンどころか、保険金を合わせたジェメロの収支はプラスかもしれない」

阿部はそう言って、ずり落ちたメガネを指先で持ち上げた。


堂林が昨年のセレクトセールで購入した二頭の二歳馬が、函館から札幌競馬場の厩舎に移ってきた。評判の若駒なので、何度取材に行っても怪しまれる心配はない。函館にいたときも、札幌に来てからも、堂林が見に来たことはないという。

だとすると、堂林が北海道に来た理由は何なのだろう。

セリの下見として生産地を回る熱心なオーナーもいるが、所有馬を馬名ではなく番号で覚えるという堂林もそんなことをするのだろうか。

だが、ただ大金を投じただけで、あれだけ走る馬を所有することはできない。おそらくとり巻きのなかに、馬を見る目のある者がいるのだろう。馬の売買を仲介する専門のエージェントか、生産者か、あるいは新聞記者か。

――いや、堂林は記者をうるさいハエぐらいにしか見ていない。

そこまで考えたとき、ひとつの可能性が脳裏をよぎった。

――まさか、沢村さんが堂林の馬係をしていたんじゃ……。

十分あり得るような気がした。

沢村は、小林が堂林を追いかけていることを他社の記者たちに知らしめ、堂林が経営するジムに出入りし、ジェメロをマークしていた。また、直接関係があるかどうかはわからないが、「月刊うま便り」の浜口まで沢村の名を口にした。

小林は「堂林和彦―沢村哲也―ジェメロ―宇佐見誠司」とノートに書き出してみた。これらの人馬は一本の線でつながっているのだろうか。沢村と愛人関係にあったという紺野綾香の名もそこに書き加えた。

「堂林和彦―沢村哲也―ジェメロ―宇佐見誠司―紺野綾香」

しばらく眺めていても、何も頭に浮かんでこない。

少し頭を休めるつもりで、服を着たままベッドに仰向《あおむ》けになったら眠ってしまった。

七月最後の週末、札幌開催が始まった。

土曜日は大きなレースはないのだが、開幕日で、しかも好天とあって、多くのファンで賑わっている。馬主席を覗いたら、堂林の姿があった。

堂林が所有する二歳の評判馬は、一番人気の支持に応えて新馬戦を楽勝した。

しかし、堂林は口取り撮影に加わらなかった。地味なスーツを着たキャリアウーマン風の女が堂林の代理のようだ。東京や中山では見たことのない女だった。

日曜日の特別レースに、別の厩舎が管理する堂林の所有馬が出て三着になった。このときも堂林は競馬場にいたのに、検量室前に降りて来なかった。

これまでは、レース後、勝っても負けても所有馬を見に来ることが多かったのに、二日つづけて現れなかった。

少しずつ、いろいろなことが変わりつつある。

以前のように所有馬が連続して故障することもないままだった。


初めて北海道シリーズの担当になった十年前より、夏の札幌は間違いなく蒸し暑くなっている。昼間どんなに気温が上がっても、夕刻ひと筋のひんやりとした風が窓から入り込んできて、過ごしやすい夜になる――というのが札幌らしさだったのだが、その風が吹かない日も多くなった。

そんな蒸し暑い夜、特集コラムの原稿を書き終え、溜《た》まっていたメールやＳＮＳの未読メッセージをチェックしたときのことだった。

他社の記者たちのSNSでのやりとりを見て、以前、ホワイトナイトがどうのとメールしてきた関東スポーツの赤松が会社を辞めたことを知った。二週間ほど前に退社している。小林が法務担当の中井に呼び出された少しあとだ。赤松は、小林になりすましたホワイトナイトとトラブルになっていたのだろうか。ということは、彼は小林のなりすましではないと見ていい。いや、中井が言っていた犯罪者心理によると、赤松自身がなりすましであっても不思議ではないのか。あの男なら、いかにもネットの世界で別の顔を持っていそうだ。もうひとつ、赤松が堂林の馬係だという可能性もある。が、どうして入社試験をパスしたのかと思うくらい暗くて汚らしい感じの赤松と、靴からシャツまで総額一〇〇万円は下らない高級ブランドに身をつつんだ堂林が一緒に何かをするシーンは想像しづらい。

そのほか、自分宛てのメールやメッセージを読んでいるうちに、少しの間忘れていた、胸の奥にどろりとしたものが流れる、嫌な感覚が蘇《よみがえ》ってきた。

他社の女性記者からのメッセージに、こうあった。

「お小遣い稼ぎですか。自分だけ安全なところに身を置いて、知人の情報を売るなんて卑怯です」

何のことか、意味がわからなかった。

そのほか、競馬雑誌の編集者やイベント会社のプロデューサー、国立大学で競馬サークルを主催する非常勤講師などからも、妙なメールやメッセージが何通も来ている。

「『トップジョッキーを臆せず批判するK記者』は小林さんですよね」

「『文春砲』ならぬ『小林砲』ですか」

「紙面ではクールに見せておきながら、実は熱い人なんですね。私も不正は許すべきではないと思います」

それらのメッセージや、貼られているリンク先の記事を読んで、だいたいわかった。

このところ、ネットのニュースサイトで、ジョッキーの女性関係や金銭問題に関するスクープ記事が多くなっている。

祝勝会のあと、妻子ある人気騎手が女性タレントをお持ち帰りした、といった他愛のないものから、一部の騎手が賞金の五パーセントにあたる進上金の一部を調教師や馬主にキックバックし、多くの騎乗馬を得ているといった暴露モノまで、さまざまだ。どうやら、そのネタ元が小林だと匂わせる記事があったり、記事につくコメントに「東都小林」が登場することもあるようだ。

東都の公式サイトに、記者の名を騙った者には法的措置を講じる――と掲載してからなりすましは消えたと思っていたのだが、陰でしつこくつづけられているらしい。

銀縁メガネの中井女史に報告すべきだろうか。

いや、報告して、また別の手を打ったとしても、相手が愉快犯なら、こちらがその都度反応したことを喜ぶのではないか。

そもそも、こうしてチェックするまで自分が気づかなかったくらいなのだから、さして気にすべき問題ではないのかもしれない。だとしても、いい気分ではない。

気晴らしの散歩を兼ねて、近くのコンビニに飲み物を買いに行くことにした。

さっき暗くなりはじめたばかりだと思っていたのに、もう九時を回っている。夏場の北海道は白夜に近いので、時間の感覚が狂ってしまう。

カフェモカやヨーグルトドリンクなどを仕入れて、駐車場を横切り、ホテルに戻る道を歩きはじめた。

少し経つと、不吉な感じの既視感に足が止まった。

街中とはいえ、一本裏道に入るとひっそりとしている。

クルマのエンジン音が近づいてくる。

振り返った。ヘッドライトを遠目にした大型セダンが迫ってくる。コンビニの前に停まっていた旧式の白いメルセデス・ベンツだ。今朝の調教取材のあとも競馬場の近くで見かけていた。丸目のC55AMG。二十代のころ憧れた車種だったので覚えていた。

なりすましのことを考えていたので、一瞬、反応が遅れた。

警戒を解いても大丈夫だと思いかけていたことを後悔しながら、走った。

唸るようなエンジン音が真後ろから聞こえる。逃げ場のない狭い路地だ。電柱の陰に回り込むしかない。

コンビニの袋をメルセデスのフロントウインドウに当たるように放り投げ、電柱に右手をかけて体を巻き付け、身を隠した。

メルセデスは電柱にドアミラーをぶつけて火花を散らし、猛スピードで走り抜けて行った。ブレーキランプが光った。Uターンしてくるかと身構えたとき、「ガシャ！」と大きな音がした。はね飛ばされた自転車が宙に舞った。

メルセデスは走り去った。

街頭の下に、黒い影が横たわっている。自転車に乗っていた人間か。

すぐに近づくのは怖いような気がし、コンビニの袋を拾ってから、ゆっくりと歩み寄った。顔が見えたとき、心臓をわしづかみにされたように感じた。

「美紗ちゃんじゃないか」

ジェメロを担当していた女性厩務員の山野美紗だ。

顔をしかめ、小さくうめいている。

「小林さん……」

意識ははっきりしているようだ。

「ほら、無理にしゃべらないで。今、救急車を呼ぶから」

小林も一緒に救急車に乗り、警察に事故を届け出た。

警官とやりとりするたびに思うのだが、今すぐにでも調書を電子化すべきだ。この時代、すみやかな情報の共有は不可欠なのだから。死亡事故ではないし、加害者が何者かもわからないからか、やる意味があるのかと思ったほど、現場検証はおざなりだった。

メルセデスが自分を狙っていたことは言わなかった。競馬場の近くで見たとき、特に違和感を抱かなかったので他府県ナンバーではなく札幌ナンバーだったのだろうが、四桁の数字は覚えていなかった。

幸い、美紗の怪我は、軽い脳震盪《のうしんとう》と打撲だけだった。

「クルマにびっくりして私が転んで、自転車だけはね飛ばされたんです」

と病室で笑った美紗は、コンビニに行く途中だったという。

美紗は、二泊しただけで退院することができた。見舞いに行ったとき、他厩舎の若い厩務員が病室に来ていた。

向こうも言わないし、こちらも訊かなかったが、どうやら付き合っているらしい。その厩務員は騎手を目指していたことがあるのか、細身で、八頭身どころか九頭身ぐらいの、モデルのような体型をしている。小林と面識がなかったからかもしれないが、ほとんど何も話さず、静かな男だった。

偶然とはいえ、美紗を巻き込んでしまったことに責任を感じていたのだが、退院のときの送りなどは彼に任せることにした。

午後の厩舎回りを終えてホテルに戻ると、スマホが鳴り、登録していない携帯の番号がディスプレイに表示された。五秒ほど経っても鳴りつづけているので、ワンギリではないだろうと電話をとった。

「もしもし、東都日報の小林さんの携帯でしょうか」

落ちついた男の声だった。

「そうです」

「門別の宇佐見です」

予想していなかったので、少しの間、誰なのかわからなかった。

「生産者の宇佐見さんですか」

「はい。ジェメロの幹細胞移植手術の予後を取材したいと阿部獣医から聞いたのですが」

「ええ。取材させていただけるのなら、ぜひ」

「どうぞ」

「え？」

「いつでもいらしてください」

「ありがとうございます。今週、来週のご都合は？」

「ずっと牧場にいます。出るとしても日高のどこかなので、この携帯に連絡してから来てください」

電話では、浜口から聞いていたほど「マスコミ嫌い」という感じではなかった。確かに、慇懃《いんぎん》無礼な口調で、それがかえって高圧的な印象を与えるところはあったが、そんな人間はいくらでもいる。

悪いこともあれば、いいこともあるものだ。

堂林とジェメロの備忘録に、なかなか書き加える気になれなかった白いメルセデスの件も、テンションが上がった今なら勢いでこなせそうな気がした。

あの夜以来、白いC55AMGを見かけることはなくなった。

自分を狙ったわけではなく、ただ乱暴な運転をする人間だった可能性も考えた。しかし、そうだとしたら、小林が投げつけたコンビニの袋が当たったことに怒って、クルマから降りてきたのではないか。いや、美紗を轢《ひ》いてしまったと思って、何よりも逃げることを優先させたのかもしれない。

札幌に来たら、根拠もないのに自分は安全だと思い、気がゆるんでいた。

小林のクルマは品川《しながわ》ナンバーだ。札幌では目立つ。細工される可能性もあるので、乗る前に周囲を見回し、低速で走ってブレーキが利くのを確かめてから、アクセルを踏み込むようにした。

なりすましも自分に対する攻撃と言えなくもないが、地下鉄駅での一件や、先日のメルセデスの件に比べたら、危険度ははるかに低い。

競馬場で顔を合わせる他社の記者や厩舎関係者のなかで、どのくらいの人間が、小林のなりすましの存在を知っているのか。いまだにガラケーと呼ばれる、昔ながらの折り畳み式の携帯電話を使っている五十代より上の世代は、まず知らないだろう。知っていたとしても、ネット上の不確実な情報に影響されることはない。それに対し、二十代や、小林と同世代の三十代の者たち、なかでも普段からさまざまな情報を探しているマスコミ関係者は、ほとんどが知っていてもよさそうだが、実際に会ったとき、それを口にする者は不思議といない。メッセージでなりすましに言及してきた記者でさえ、現実世界で話しているときは、そんなことはなかったかのような顔をしている。

おかしなものだ、と、ため息をついて、考えた。

自分に直接的な危害を加えようとする人間がいるとしたら堂林しか考えられない。だが、悪事の暴露をもくろむ記者を痛めつけるというのは、あまりにストレートというか、わかりやすすぎて、逆に真実味がないような気がした。

とはいえ、実際に危険な目にあっているし、関係があるかどうかわからないにしても、同じ会社の先輩記者が命を落としている。

小林は、わざと新聞記者のルーティンからズレた動きをして、いるかもしれない追跡者の目をくらませるようにした。

　例えば、早朝の調教取材を終えたら、記者仲間や厩舎関係者と近くの市場に朝食をとりに行きかけ、自分だけスタンドに引き返して、調教を見学に来たファンも入ることのできる一般エリアで原稿を書いて送るなどした。

　土曜日のメインレースの追い切り診断の原稿をデスクにメールで送った。すると、それに対する返信のようなタイミングで高橋からメールが来た。

「堂林オーナーは、一度東京に戻ってから、また札幌に入りました。滞在先はロイヤルホテルです。馬主会からの情報なので間違いありません」

　堂林は今年のセレクトセールにもセレクションセールにも参加しなかった。これ以上所有馬を増やすつもりはないのか。あるいは、別の落札者の名義を使い、ひそかに購入しているのか。高額馬を落札した法人のなかに、見慣れないものがいくつかある。そのどれかが実質的には堂林の会社なのかもしれない。

　小林は高橋に返信した。

「サンキュー。ありがたい情報だ。ところで、彼女とは上手く行っているのか？」

　すぐに高橋から返信が来た。

「はい(涙)。今日もこれから一緒に食事に行きます！」

(涙)と表現する後輩の顔を思い浮かべると、頬がゆるんだ。

小林は、ロイヤルホテルの向かいのウィークリーマンションを借りた。会社の金で泊まっているホテルはそのままにしてある。余計な出費なのだが、ジェメロが負けた新馬戦で儲《もう》けた七〇万円のほとんどが残っていた。

堂林が宿泊しているスイートルームは最上階の東南の角部屋だろう。小林が借りた部屋から窓が見える。昼間はともかく、夜は灯りの有無で、部屋にいるかどうかわかるはずだ。

その程度の情報を得るためにわざわざウィークリーマンションを借りるのは割に合わないような気もするが、ともかく、対堂林ということに関しては、見張られる側ではなく、見張る側になっていないと落ちつかない。情報よりも、精神的な平安を得るために借りたようなものだった。

このウィークリーマンションに来て二日目に、早速収穫があった。

夕刻、原稿をメールしてからコーヒーを飲もうとポットの湯を沸かし、双眼鏡を覗いたときだった。小林を襲った白いＣ55ＡＭＧとおぼしきクルマが、ロイヤルホテルのメインエントランスで堂林と髪の長い女をピックアップして、国道を競馬場と逆方向に走り去ったのだ。

——やはり、あのクルマは堂林の指示でおれをつけていたのか。

これ以上深入りするなという警告だったのか。それとも、命を狙ったのか。

いずれにしても、自分の動きが堂林に危機感を抱かせていることは間違いないようだ。堂林がやめさせたいのは何か。周辺を嗅ぎ回ることか。馬主会や保険会社に照会をかけたことが伝わったのかもしれない。あるいは、ジェメロを追いかけていることか。だとしたら、ジェメロの何を隠したいのか。

堂林に訊けばわかることだが、それができれば苦労はない。

答えを知るには、これまで同様、追いかけつづけるしかないようだ。

札幌開催の前半最終日となる八月の第二週、日曜日のダート重賞、エルムステークスの追い切り取材を終えると、そのままクルマで日高を目指した。

途中、道央自動車道の輪厚《わっつ》パーキングエリアで朝昼兼用の食事をとることにした。フードコートで豚丼を食べながら、宇佐見に電話を入れた。

午後イチに行くと約束した。ここからなら一時間ほどで門別の宇佐見牧場に着くので、余裕がある。

タレが香ばしい豚肉を頬張りながら、今日の取材の意味を考えた。

特集記事としては、ボーンシストの幹細胞移植手術の具体例を紹介できるのだから、意義は大きい。体面はこれでよし。

堂林の所有馬の不可解な故障の連続に関する取材としてはどうか。今は宇佐見の所有馬とはいえ、ボーンシストを発症したのは堂林がオーナーだったときだ。これまで見てきたケースでは、故障した堂林の馬はすべて引退するか、予後不良として薬殺された。しかし、ジェメロは手術を受けたのだから、復帰を目指すのだろう。

　こちらのテーマにおける重要性は自分でもよくわからない。

　だが、どういうわけか、ジェメロのいるところに行かなければならない、行ってみたいという気持ちが強い。

　今だって、掘り下げた取材ができる充足感より、あの端整な顔だちと、雄大な馬格のジェメロにまた会える喜びのほうが大きいぐらいだ。

　輪厚パーキングエリアを出て、道央自動車道を苫小牧方面に向かって走った。

　札幌から離れて行くのに「上り」というのは妙な感じがする。東京に近づいて行く方向だからと言われてもピンと来ない。

　トラックを二台追い越してから、アクセルをゆるめた。

　苫小牧東インターから日高自動車道に入った。

　料金所を抜けてしばらく走ると、左右にサラブレッド生産牧場の放牧地が見えてくる。

　今年生まれた当歳馬が、母馬と一緒に草を食べたり、当歳馬同士でじゃれ合ったりしている。一月や二月など、早い時期に生まれた当歳馬は、そろそろ離乳して、母馬と引き離される時期だ。サラブレッドは、人間の都合で生涯のサイクルを決められる。まだ母と一緒にいたくても、生後半年ほどで引き離され、同い年の仲間たちだけがいるイヤリングの放牧地に移される。イヤリングというのは本来は「一歳馬」という意味なのだが、生産界では離乳した当歳馬が入る放牧地や厩舎もそう呼ばれる。馬たちは、一歳の夏か秋には人を背中に乗せる騎乗馴致を始め、早い馬は、二歳の春には競走馬としてデビューする。

お母さんに甘えていられるのも、友達同士で好きなように遊び回ることができるのも、ほんの短い間だけだ。

馴致を始めてからは、怪我をしたとき以外は放牧地に出されることはなくなり、厩舎と調教コースを往復するだけになる。そうなると、厩舎で出される飼料しか食べられなくなる。食べ物の種類と食事の時間まで人間に管理されるのだ。

我慢と節制を強いられ、厳しい競争社会のなかで、勝つことだけを求められる。勝ちつづければ高額の賞金を稼ぎ、周りの人間たちの生活を豊かにする。

淘汰《とうた》されずに勝ち残ったサラブレッドは、単なる一個体の動物としてではなく、名前も地位も名誉もある社会的存在として尊敬を集める。

そうした競馬の世界に興味を抱き、競馬記者になった小林には、記者として大切にしていることがいくつかあった。

そのひとつが、一頭の馬を好きにならない、ということだった。

好きになった馬への偏愛を描いた、個性的な文章で売れている書き手もいるが、それは作家やタレントのすべきことで、記者のすべきことではない。引いた視点から淡々と事実を描写し、それで読み手の心を震わせてこそ名記者だと思う。

思い出されるのは、小林が入社したころに沢村が書いた観戦記の数々だ。沢村の文章の多くが、そのまま自分にとって教材となった。「沢村さんの文章に似ているね」と言われると嬉《うれ》しかった。

――沢村さんは、宇佐見牧場に行ったことはあったのかな。

沢村は、自ら望んで北海道シリーズの担当になることが多かった。「すすきのが目当てだろう」と冷やかされていたのだが、「月刊うま便り」の浜口から聞いた話が本当なら、紺野綾香に会うためでもあったのか。

日高門別インターで日高自動車道を下りた。突き当たりの道道三五一号線を左に行けば宇佐見牧場だが、右折して海沿いの国道二三五号線を目指した。

少し回り道したほうがいい。

時間もあるし、今の自分はジェメロに会うことを楽しみにしすぎている。

国道との交差点に面したコンビニの駐車場にクルマを停めた。

まだ一戦しかしておらず、しかもそこで大敗したジェメロにこうも惹《ひ》かれてしまうのはなぜだろう。確かにいい馬だが、それだけではない何かがある。

山野美紗の笑顔が脳裏に蘇ってきた。

彼女にまったく好意を抱いていないかというと嘘になる。打ち消すように、病室で会った厩務員の整った顔が浮かんできた。

あまり取材対象以外の人や物事に気持ちを動かされると、目が曇る。

このコンビニで買ったヨーグルトドリンクを空にし、質問事項を記したメモをもう一度確認してからクルマを走らせた。


宇佐見牧場は、思っていたより大きかった。といっても、それは放牧地などの敷地の話で、建物はこぢんまりしている。住居を兼ねた事務所は平屋で、二棟の厩舎は、どちらも十馬房ほどだろうか。かつては育成もやっていたのか、調教コースの跡地のような放牧地と、三頭を並べて繋《つな》ぐことのできる洗い場もある。

事務所の前に白いアコードと軽トラックが停まっている。

その横に小林が自分のゴルフを停めると、玄関から小学校三年生か四年生ぐらいの女の子が出てきた。

「こんにちは、お父さんいるかな」

小林が声をかけると、女の子は黙って回れ右をし、逃げるように玄関の奥へと走って行った。

入れ替わりに宇佐見誠司が出てきた。野球帽をかぶり、Tシャツにジーンズというスタイルだ。去年の秋に競馬場で見かけたときとはずいぶん印象が違う。

「どうぞ、なかへ」

宇佐見に案内されてドアに手をかけると、さっきの女の子が出てきて、「バイバーイ」と笑って手を振り、厩舎のほうへと走って行った。恥ずかしそうにしていたのに、急に感じが変わったなと思っていると、同じような服を着た女の子が出てきて、うつむいたまま走って行った。

「双子なんです。性格はぜんぜん違いますが」

と宇佐見は日に焼けた顔をほころばせた。高橋が言っていた、「双子」を意味する「ジェメロ」と名づけられた由来となったのは、あの娘たちか。

宇佐見が浮かべている笑みは心からのものに見えるが、マスコミ嫌いと聞いていたせいで、丁寧な応対がかえって不気味に感じられる。実際、ずっとニコニコしていたのに、何かの拍子に態度を豹変《ひょうへん》させた取材対象は過去に何人もいた。ワンマン経営者や成り上がりのタレントなどには、そうして相手をゆさぶることによって精神的に支配しようとする者が案外多い。

「はじめまして。東都の小林です」

勧められたソファに腰掛ける前に名刺を出すと、宇佐見は皮肉そうに口元を歪めた。

「こちらは初めてという感じがしません。三年前かな、サマーセールの会場で、囲み取材に加わっていましたよね」

「覚えていてくださって嬉しいです。ジェメロの新馬戦のときもお見かけしました」

こうした含みのあるやりとりが好きなのか、目が輝いている。

頭はかなり切れそうだが、いわゆる「いい人」ではなさそうだ。

小林は、今回の特集の趣旨を説明した。

そして、宇佐見牧場の創設から現在に至るまでと、宇佐見の経歴について訊いた。

創設者は、もともと農協の獣医師だった宇佐見の祖父で、まだ戦後の混乱期だった一九五〇年に開場した。宇佐見の父も獣医師の免許を持っていたので、親子三代で獣医師ということになる。浜口が噂として聞いたという、弁護士の資格を持っていたのはその兄、宇佐見の伯父だという。

祖父は学究肌で、基幹となる牝系《ひんけい》に少しずつ新たな血を導入しながら、年に数頭を生産すれば十分という考え方だった。

長男、つまり、宇佐見の父はまったく考え方が異なり、拡張主義をよしとする実業家タイプだった。繁殖牝馬を増やしながら積極的に血を更新し、育成事業にも手をひろげた。一時は従業員が二十名以上に増えたという。

しかし、千歳《ちとせ》の生産者グループが勢力を拡充させるのと反比例して生産馬の成績が悪くなっていった。育成馬の預託も少なくなり、馬房に空きが目立つようになった。

宇佐見は、そうした先細りの状況から抜け出すべく、育成事業から手を引くよう父に進言した。まだ代表は父だったのだが、宇佐見は自分の意見を押し通し、育成厩舎も従業員寮もとり壊した。あるとまた使いたくなる父の性格を知っていたからだ。

さらに、父がよその牧場に売った、かつて基幹となっていた牝系から出た繁殖牝馬を買い戻し、また少数精鋭の牝系づくりに戻した。

「その一頭にメジロマックイーンをつけて生まれたのがブラックルージュという牝馬で、生産馬として久しぶりに重賞を勝ってくれたんです」

と宇佐見は、壁に掛かった府中牝馬ステークスの口取り写真を指し示した。ブラックルージュは、ジェメロの母である。

「直線だけで前を差し切った走りは、今でもよく覚えています。マックイーン産駒のイメージと違って、切れる馬でしたね」

小林が言うと、宇佐見はこめかみをぴくりとさせた。気分を害したわけではなく、逆に喜んでいるようだ。

「私は、優秀な種牡馬や繁殖牝馬の産駒が、親のそれとは異なる強さを見せることが、サラブレッドの遺伝においては大切だと考えているんです」

「進化は突然変異から始まる、という考えにも通じる」

「そう。日本の競馬界を席巻《せっけん》したサンデー産駒のなかでも、代表産駒と言えるディープステージを見るといい。毛色も馬格も顔も走りのタイプも父とはまったく違うでしょう。おっと、こんな話を聞きに来たんじゃないですよね。厩舎に行きましょう」

と宇佐見は立ち上がった。

あらためて敷地内を見回すと、入口から事務所までのアプローチの芝生は綺麗に刈り揃えられている。

「手前の厩舎が繁殖牝馬用で、十馬房のうち、入っているのは半分です。奥がイヤリングや休養馬の厩舎で、十二馬房あります。厩舎の向こうの傾斜地はイヤリングの放牧地です」

晴れわたった空の下で、離乳してまもないと思われる当歳馬が数頭、思い思いの場所で草を食べている。

厩舎に近い、手前の放牧地に親仔のペアが二組いて、隣の放牧地には仔育てを終えた繁殖牝馬が何頭か放されている。

そのうちの一頭が、草を食べるため地面につけていた顔を上げた。

小林が見ていることに気づいたらしく、宇佐見が言った。

「あれがブラックルージュです。今は空胎《くうたい》です」

「流れてしまったのですか」

「いや、今年は最初から休ませるつもりで、種付けしませんでした」

父のメジロマックイーンは芦毛だったが、この馬は黒光りする青鹿毛だ。

草を頬張ったブラックルージュが、口をモグモグさせながら、こちらに歩いてくる。

表情や仕草には愛嬌《あいきょう》があるが、身のこなしはやわらかい。毛色も、顔や体型も、ジェメロは母親に似たようだ。父ディープステージは鹿毛で、全体に線が細い。一流の種牡馬は、配合相手となった繁殖牝馬のいいところを産駒に反映させる。その意味で、ジェメロは、理想的な姿で生を受けたと言える。

宇佐見がイヤリングの厩舎に入り、奥の馬房の前で立ち止まった。

ガシッと大きな音を立て、厩栓棒《ませんぼう》に胸前をぶつけた馬が首を突き出した。

ジェメロだ。

「まだ放牧地に出せないので、写真を撮るのはここでいいですか」

「もちろんです。患部はどこですか」

「左前の球節です。関節鏡手術なので傷は小さいですが、毛を剃ってあるところです」

小林は、ジェメロの顔、全身、そして患部の写真を撮った。痛々しい感じの写真は読者に好まれないので、使われるのは顔か全身のショットだろう。

「全治まで、どのくらいかかるでしょうか」

小林が言うと、宇佐見がジェメロの首筋を撫でるように叩いた。

「阿部獣医は半年と言っていましたが、獣医の全治見込みというのは、あまりあてにできないものです」

「もっと長くかかる、と」

「そうかもしれないし、逆に、早くなるかもしれない」

「新馬戦の敗因は、ボーンシストだったのでしょうか」

「その可能性もありますが、馬に訊いてみないとわからないな」

「痛いのを我慢して走っていたんですかね」

と言った小林を、宇佐見が睨みつけた。

「我慢していなかったかもしれない。馬は訴えていたのに、周りの人間に、その声を聴く能力がなかっただけかもしれない」

「なるほど」

と頷き、気になっていたことを訊いた。

「ジェメロを買い戻したのは、堂林オーナーから提案されたからですか。それとも、宇佐見さんから申し出たのですか」

「売買契約に従ったまでです。未出走なら売却額の七割、未勝利なら五割で買い戻す、という契約だったんです。堂林さんには三〇〇〇万円で売って、一五〇〇万円で買い戻しました」

ディープステージの種付料が一〇〇〇万円だから、宇佐見の手元には五〇〇〇万円とジェメロが残ったことになる。しかし、売るまでにかかった経費と、これからの飼料代などを考えると、ジェメロに関する宇佐見の収支はトントンといったところか。

「堂林さんは、保険金と見舞金、そして宇佐見さんから戻ってきた一五〇〇万円を加えると、間違いなくプラスですね」

「あの人は『ウインウインだ』と笑っていましたが、本当にそう言えるかどうかわかるのはこれからです」

どちらかが敗者になるかもしれない、という意味だろうか。

「売買代金などは紙面に出しても構いませんか」

「どうぞ。未勝利馬がいくらで取引されたかなんて、誰も関心を示さないでしょう」

「堂林さんもそうでしょうか」

「さあ、いずれにしても、もう関係ないわけだから」

堂林を恐れていないし、大切な顧客とも思っていないようだ。

「原稿のチェックは……」

「いいですよ、別に。好きに書いてください」

そう言った宇佐見の視線の先を、野良着姿の女が通り、こちらに気づくと立ち止まって、深々とお辞儀をした。

「妻です。働き手は彼女と私だけなので、この頭数で手一杯なんです」

宇佐見も彼女も、何となく、今の服装が借り物のような印象があった。

「奥さんも馬産地の出身なのですか」

「いや、札幌です」

「競馬ファンだったのですか」

「そうなのかな。大学で同じ学部だったんです」

「ということは、獣医なんですか」

「はい。私のようなエセ獣医と違って、臨床経験豊富な本物です」

確かに、野良着より白衣のほうが似合いそうな気がする。

「ここにいる五頭の繁殖牝馬のうち、預託は何頭ですか」

「二頭だけです。ブラックルージュはもちろん自馬《じば》です」

自馬とは、生産者自身が所有している馬のことだ。

「宇佐見さんにとって、この血統は特別なんですね」

宇佐見はそれには答えず、指先でジェメロの前髪を整えてから、細い流星のある鼻面にそっと手をあてた。

3

秋になると、社内で沢村の死を話題にする者はいなくなった。

一方、小林のなりすましは相変わらずつづいていた。ＳＮＳに「東都小林」の公開ファンページがつくられ、少女漫画の主人公のようなイラストで「小林真吾」のプロフィールが紹介されている。そこには、次のような言葉が記された、「コバさま名言集」なるコンテンツまであった。

「先が見えない不安に襲われたら、自分の足元を見て。不確実な将来より、今踏み出すべき次の一歩に集中しよう。その積み重ねがあなたを成長させる」

「話が苦手だと思っているあなた。仲間の会話に加わるときは、新聞を思い出して。友達の話に見出しをつけてあげる。そうすれば、別の誰かが話を脹《ふく》らませてくれる」

「コミュニケーションの達人って、ボキャブラリー豊富な、話し上手な人ではない。相手の話に真剣に耳を傾け、しっかり頷ける人。そういう人が相手の本音を引き出せる」

なるほど、と思う言葉もあったが、もちろん、どれも小林が言ったり書いたりしたことではない。小林になりすました者が書き込み、証拠を残さないよう消去したものを、ていた。

「ファン」が記憶にとどめ、書き残しているのだ。

社内の喫茶室に行くと、法務担当の中井女史がコーヒーを飲みながらタブレットを見ていた。

「ちょうどよかった。連絡しようと思っていたんです」

と中井がタブレットを差し出し、つづけた。

「会社のサイトに掲載中のなりすましに関する注意書き、トップページから外して、目立たないところに移します」

「収束に向かいつつある、という判断ですか」

「そうとも言い切れないんだけど、実は、悪質な書き込みをして、所在を特定できた数名には損害賠償請求を匂わせて警告したんです」

「数名って、どういうことですか」

「小林さんになりすましていたのはひとりではなく、複数の人間だったんです。最初は数名、それが数十名になり、今はおそらく数百名。みんなで『小林真吾』という人物像をつくり上げ、支えているようなイメージです」

「そ、そうですか。昔流行《はや》った『こっくりさん』みたいなものかな」

こっくりさんとは、数字と五十音を記した紙の上に十円玉を置き、その上に数名が指先を乗せて、こっくりさんのお告げを聞く、という遊びだ。ひとりひとりは無意識でも、全員の気持ちが何となく一致した方向に十円玉が滑って行き、こっくりさんの考えとして文字を追うことになる。

「SNSで盛り上がっている人の大半が、リアルな小林さんと、ネット上の小林さんは別人だと理解していると思うんです」

「なるほど。前に中井さんが言ったような、大きくて危険な存在になっているかどうかはわからないけど、独立した人格として、社会性を持った存在にはなっているのか」

「そう思います。何となく、一過性のような気もしますけど」

「それにしても、どういうわけで、ぼくがターゲットにされたんだろう」

「怒らないで聞いてくれます？」

「はい」

「ちょうどよかったんだと思います」

「え？」

「そこそこ知名度があって、ルックスも、よすぎず、悪すぎず、キャラクター的にみんなで想像を脹らませて色づけしやすい。ほかに小林さんのようになりすましを祭り上げられた例がないのは、小林さんほど、ちょうどいい中途半端さのある新聞記者が珍しいからだと思うんです」

怒るどころか、笑ってしまった。

「あまり認めたくないけど、そのとおりかもしれない」

「リアルな小林さんのキャラクターが、プラスとマイナスどちらの意味でも、バーンとした強いものになれば、自然となりすましの『もうひとりの小林真吾』は消えていくのかもしれませんね」

「ハハハ、そりゃいいや。でも、だとすると、もうひとりのぼくが社会性を持つまでの存在に成長したのは、キャラが弱いリアルなぼくにも責任がある、ということになるんじゃないですか」

「責任とまで言うつもりはありませんが、原因、誘因となる何かはある、もしくはあったと言えるのかもしれません」

「いや、それって、ミニスカートの女の子が痴漢にあった場合、肌を露出していた女の子も悪いというのと同じ理屈ですよ」

「ミニの子が全員痴漢にあうわけではありません」

この女と言い合いをしても勝てそうにない。

前回同様、対処は中井に一任することにして、喫茶室を出た。

秋競馬たけなわの、十一月も終わろうとしていた。

堂林の所有馬がレースで上位に入ることが多くなるのと比例するように、また亘度の骨折や腱断裂などを発症する馬が多くなってきた。

寒くなったことに加え、厳しいローテーションでレースを重ね、心身が疲弊してしまう馬が多くなる時期だからか。

しかし、夏場とは明らかに堂林の所有馬や、堂林自身の動きが変わってきている。

レース後、堂林は検量室前に降りてくることが多くなった。

ボディガードがひとり増えて二人になっている。いつも堂林の前後か左右を固めているので、記者たちは声をかけることができずにいる。

ボディガードの新顔のほうとたびたび目が合うのだが、それは小林だけではなく、マスコミ関係者全体に睨みを利かせているからか。

明らかに、前以上に記者たちを遠ざけようとしている。

そうした変化を察知することはできても、その理由はわからない。もどかしさを抱えたままルーティンワークをこなす日々は、小林の胸に無力感に似た疲労を少しずつ蓄積させていくようだった。

沢村の死に関して、会社の上層部が警戒していたのは、他社がそれを過労死として取り上げ、東都にブラック企業としてのイメージがつくことだったようだ。広告獲得に響くからだろう。しかし、彼らの心配は杞憂《きゆう》に終わり、沢村は、落ちぶれて寂しい死を迎えた哀れな男という烙印《らくいん》を捺《お》され、忘れられようとしていた。

好きで入った会社だが、上の者たちのケツの穴の小ささに嫌気が差してきた。たまに、沢村を肴《さかな》に飲もうと声をかけてくるのは、今は野球やサッカーなど別の部署にいる、小林と年齢の近い記者たちだった。若いころ、沢村に皮肉を言われながら育てられた連中で、今はそれぞれの部署でエース級の活躍をしている。

「沢村さん、息子さんの件がなければ、あんなことにならなかっただろうな」

会社に近い居酒屋で、巨人番をしている同期の記者が、焼酎のグラス越しにこちらを見て言った。

「あの人、子供がいたのか」

「黙ってるって約束だったけど、時効だろう。ちょうど一年ぐらい前かな、近所のスーパーで息子さんと一緒にいたとき、たまたま会ってな。別れた奥さんが親権を持っているんだけど、臓器移植が必要な難病らしい。それでほら、手術のための寄付を募って、両親まで一緒に海外に行くのはどうかって問題になったことがあっただろう。ああいうのは嫌だから、自分で何とかする、って話してたんだ」

明るいうちから酒を飲むことの多かった沢村の心情が初めてわかったような気がした。

「息子さんは小さいのか」

「まだ小学校に上がってないと思う」

小林は、日高で聞いた紺野綾香との噂について話した。

「うーん、沢村さんにそんな余裕があったのかなあ」

と同僚は首を傾《かし》げた。

「おれも、あの人ならありそうにも思えるし、あり得ないような気もしてさ」

あらためて、自分は沢村のことを何もわかっていないと思った。

翌日、レース部長に呼ばれ、広告担当役員である篠田《しのだ》常務の部屋に連れて行かれた。

「君は、堂林オーナーを追いかけているらしいね」

白髪をオールバックにした常務が神経質そうに指先で机を叩きながら言った。

「はい」

「それで、何か出てきたのか」

「いえ、今のところは」

「なら、もういいだろう。これ以上はやめなさい」

「どういうことですか」

「言葉どおりだ」

と常務は、一冊のリーフレットをこちらに滑らせた。

競走馬保険のものだ。

「堂林さんが役員をつとめるこの保険会社が、定期的に広告を出してくれることになった。初回は一面、次回からは全五段だ」

「追いかけるのをやめるよう、向こうから言ってきたのですか」

「そうではないが」

と常務はレース部長を見た。部長が口をひらいた。

「このまま予想会社や出会い系サイトや精力剤の広告がデカデカと載っていては、ほかのクライアントが喜ばないんだよ」

胸の谷間を露出した女の写真が載っている広告を子供に見せたくないからと、宅配で自社の新聞をとっていない社員もいる。

「この保険会社のほうが、予想会社や出会い系よりブラックかもしれませんよ」

小林が言うと、常務は口元を歪めた。

「先方の内実はこちらに関係ないんだよ。ブラックだろうがグレーだろうが、保険商品を扱っているという事実だけでいいんだ」

「いや、でも……」

と言いかけた小林を制し、常務は、

「この話はこれで終わりだ」

と、椅子を回して横を向いた。

レース部のフロアに戻るエレベーターで、小林は部長に訊いた。

「沢村さんも堂林を追いかけていたんですか」

階数表示を見上げたまま、部長は、

「知らん」

と不機嫌そうに答えた。

正義、真実、誠実。窓側の壁に額装された「三つのS」の社訓が黄ばんでいる。

常務とレース部長の懐にも、堂林の会社からかなりの金が入っているのだろう。

若いころなら辞表を突きつけていたかもしれない。

しかし、自分でも不思議なくらい腹が立たない。

ひとつは、秋シーズンが開幕して堂林の所有馬が走りはじめたが、春に比べると故障する馬が多くないこともある。

興味や疑念が失《う》せたわけではないのだが、自分のなかで、堂林和彦という人間の存在感が薄れつつあることは確かだ。

常務は堂林サイドから要請されたわけではないと言ったが、仮にそれが本当だとしても、堂林サイドがこちらの動きを把握していたことは考えられる。

東京競馬場近辺で感じた視線も、地下鉄駅のエスカレーターでの件も、札幌でクルマに轢かれかけた件も、やはり堂林が指示していたのか。

不都合な事実を突《つ》つかれそうになったら相手を脅すという安直さが、堂林の小物ぶりを表しているように感じられる。

スマホのバイブレーターが震え、現実に引き戻された。

「おう、コバちゃんか」

原厩舎のスポークスマンをつとめる調教助手の谷岡だった。相変わらず威勢がいい。

「そっちからかけてきたんだから、間違いなくおれだよ」

「せっかくいいニュースなのに、その言い方はねえだろう」

「いいニュース？」

「おうよ。ジェメロが年内に入厩するらしい」

「え!?　年内っていうことは、ひと月以内ってことか」

「そういうことだ。な、いいニュースだろう」

　急に目が覚めたように感じた。

「ボーンシストの手術をしたのが七月の一週目か。術後ほぼ半年で調教開始なら、確かにあり得るのかな」

「何をブツブツ言ってんだ。テキが牧場で見てきたんだが、入厩してすぐ速いところをやれそうな雰囲気だってよ。皐月賞から逆算して使うってさ」

「使い出しは、一月中旬の中山あたりか」

「いや、月末の東京まで待つらしい。左回りでの走りをもう一度確かめたいんだってよ。で、本番までは余裕がほしいからと、トライアルは弥生《やよい》賞にするようだ」

弥生賞は三月の一週目に行われる。舞台はクラシック三冠の皮切りとなる皐月賞と同じ中山芝二〇〇〇メートル。格付けはGⅡで、三着以内に入れば皐月賞の優先出走権を得ることができる。

「ずいぶんきついローテだな。一月最終週の未勝利を勝ったとして、次走の五〇〇万下は中一週か中二週、そこから弥生賞までも中一週か中二週だろう」

「未勝利と五〇〇万下は調教の代わりぐらいに考えてるんじゃねえか」

「ひとつもとりこぼせないな」

「全部勝つつもりでいるようだ」

「まあ、トライアルは二、三着でもいいわけだからな」

「スケジュールが本決まりになったら、また連絡するよ」

翌週、東都日報が出資しているプロ野球チームのファン感謝デーの招待状を谷岡に送ったら、すぐに電話がかかってきた。

「コバちゃん、サンキュー！　嫁も子供たちも大喜びだよ。ジェメロは有馬《ありま》記念翌週の火曜日に入厩することになった。やろうと思えば、東京の未勝利戦までに七、八本は時計を出せる。トモに甘いところがあるから、最初のうちは坂路がメインになるかな」

またジェメロがトレセンに戻ってくる。

冬場の取材はつらいのだが、早起きする楽しみができた。

年が明けるとサラブレッドは一斉に馬齢がひとつ上になる。

ジェメロは三歳になった。

原厩舎はオープン馬の宝庫だ。今年の三歳世代にも、クラシックの有力候補と言われている馬が何頭もいる。一般的な評価では、そのなかにジェメロは入っていない。キャリアは大差でしんがり負けした新馬戦だけで、故障して休養していたのだから当然だ。

前年の暮れから、時間が確保できれば、原厩舎の一番乗りの様子を見に来るのが日課になっていた。

ここはマスコミをシャットアウトしているので、敷地外から覗き込むようにするしかないのだが、厩舎から数歩出たジェメロが、ビッと尾を立て、周囲を睥睨するところを見られるだけで、来てよかったと思う。右目は三白眼になっているので鋭い目つきに見えるが、左目は黒目だけなので、こちら側の顔つきにはまだ幼さが残っている。

周囲にいる他社の記者たちは、前年の朝日杯を勝って世代王者になったソクラテスという三歳馬や、古馬戦線で主役を張りそうな実績馬の動きを注視している。未勝利で休養中の馬をマークしているのは小林だけだろう。

厩舎を囲む馬道で、ウォーミングアップを兼ねた乗り運動が行われる。そのときジェメロに跨るのは、梅原《うめはら》という担当厩務員だ。すぐには気づかなかっただ、山野美紗の病室で会った若手厩務員だった。つまり、ジェメロの担当は、恋人同士でバトンタッチされたわけか。

ジェメロの復帰戦は、一月末に東京芝一八〇〇メートルで行われる三歳未勝利戦に決まった。本追い切りに騎乗する騎手の名が伝えられると、記者席がざわついた。前年、ダントツでリーディングジョッキーとなったクリス・プラティニだった。日本の通年騎手免許を取得した彼は、同じ名字の世界的なサッカー選手と遠縁だという。

「わざわざこの馬の調教に乗るために栗東から来たのか」

「まさか。メインか準メインのレースで有力馬を依頼されてるんだろう」

スタンド前で、担当の梅原がジェメロから降り、替わってプラティニが跨った。梅原がプラティニに何事か申し送りをしている。かすかに聞こえる声と口元から英語を話していることがわかった。欧米の厩舎で研修した経験があるのか。

調教コースを見わたす三階に上がると、調教助手の谷岡が話しかけてきた。

「ウッドチップコースで五ハロン。終《しま》い重点で、反応次第では、ゴールを過ぎてからも三、四完歩《かんぽ》は追うように、というのがテキの指示だ」

「今乗ってるということは、競馬もプラティニで行くのか」

「もちろんだ。売れっ子だから、年明けすぐにテキが予約してたよ」

「ずいぶんな入れ込みようだな」

「オーナーブリーダーの宇佐見さんが、大学の馬術部の後輩ってのもあるんじゃねえか。うちのテキは、ああ見えて情にもろいから」

「お宅の先生が？　理屈が服着て歩いているように見えるけどな」

二人の視線の先で、プラティニを背にしたジェメロが動き出した。

伸びやかなフットワークでコーナーを回りながら、先行する僚馬《りょうば》との差を徐々に縮めて行く。直線で外から僚馬に並びかけ、プラティニが軽く手綱をしごくと全身をぐっと沈め、瞬時に突き放した。

素晴らしい動きだ。しかし、休養前、新馬戦でメチャメチャな走りをしたときも、調教の動き自体はよかったと聞いた。

「故障の影響はなさそうだな。手前もスムーズに替えている」

と谷岡が目を細めた。

「ボーンシストってのは、能力落ちのある怪我じゃないのかな」

「今は大丈夫なんじゃないか。昔は屈腱炎は能力に影響するって言われたけど、移植手術する馬が増えてから、あまり言われなくなっているしな」

スタンド前に戻ってきたジェメロの背で、プラティニが親指を立てて「グー」と「ビューティフル」を繰り返している。プラティニが下馬すると、担当の梅原がジェメロを曳いて行った。

「あの梅原という若いのを担当にしたのは、何か理由があるのか」

「テキの判断だ。去年の春に厩務員になったばかりなんだが、馬の扱いは上手いし、何カ国語かペラペラなんで、レーシングマネージャーみたいなことをさせるつもりなんじゃないかな」

「なるほど。海外遠征に行くたびにマネージャーを雇うと経費がバカにならないし、身内がマネージャーなら小回りが利く」

「ただ、マネージャーになるんなら、もうちょっと愛想よくしなきゃな」

と笑う谷岡は、かつて都内の私立大学で馬術部の主将をつとめ、全国大会で優勝したこともある。オリンピック代表選手の候補にもなっていたのだが、馬術じゃ食えないからと競馬サークルに飛び込んだ。

「谷岡さん、今年も受けるんだろう?」

谷岡は三年連続調教師試験の一次をパスしているのだが、今回も二次試験の合格者のなかに名前がなかった。

「落ちたばっかでそんな気にはなれねえけど、合格するまで受けつづけるよ」

毎年「今年は大丈夫」と噂されながら、シーズン途中に一流騎手が引退して調教師に転身することになったりと、なかなか谷岡の枠があかない。間違いなく合格点に達しているはずだが、バブル崩壊以降は、確実に管理馬を集められることが厩舎運営を任せられる最優先事項となっている。馬主と結びつきの強い調教師の二世や、知名度のある元騎手のほうが、その点では圧倒的に有利になる。JRAの担当理事が「谷岡君は、次かその次あたりかな」と話していたのだが、本人にはそれを伝えていない。

必ず順番は回ってくるだろうが、将棋の駒のような顔をしたこの好漢が、調教師として成功するだろうか。金回りのいい馬主をレギュラーのクライアントにする営業力や、走らない管理馬を切り捨てる割り切り、厄介な労使問題を乗り切る交渉力などがなければ、これからの調教師はやっていけない。

調教師の原がプラティニとにこやかに話している。厩舎スタッフに何やら指示を出し、生産馬を見に来ている大手オーナーブリーダーの代表に頭を下げているが、その横にいる報道陣とは目を合わせることもない。

あそこまで徹底できる心臓がないと、調教師としてのし上がることはできないのだ。

一月二八日、東京第五レース、芝一八〇〇メートルの三歳未勝利戦には十六頭の出走馬が顔を揃えた。

ジェメロは単勝八・六倍の四番人気。一流の原厩舎所属で、名手プラティニが騎乗するわりには低い評価に思われるが、七カ月ぶりの実戦で、しかも手術明けということを考えると妥当なところだ。

東都日報の予想欄で本命の◎をつけているのは小林だけだった。

成長期にこれだけ長期間実戦から遠ざかっていると二〇キロ以上馬体が増えても不思議ではないのだが、ジェメロは、プラス四キロの四八二キロで復帰戦を迎えた。

パドックでは、新馬戦のときほどの威圧感は漂わせていないが、耳をまっすぐ立て、前の一点を見つめて落ちついている。皮膚はビロードのようになめらかで、筋肉はゴムまりのようにやわらかいことが手を触れなくてもわかるのは以前のままだ。

プラティニが跨ると、首をぐっと下げ、馬銜《はみ》を噛む口元に力を入れた。ほどよい気合の乗り方だ。走りに集中しようとしている。

馬場入りしたジェメロが、キャンターに入る一歩目に注目した。新馬戦のとき、その姿が父のディープステージにあまりに似ていたので驚いた。

今日も同じだった。前脚を滑らせるようにして首を大きく下げ、少しずつスピードを上げて行く。

小林は、競馬記者としての選馬眼を試す意味で、単勝を五万円買った。

ゲートがあいた。

ジェメロは真ん中ほどの七番枠からまずまずのスタートを切った。

鞍上のプラティニは、無理に前に行こうとはせず、両脇の馬たちを先に行かせ、馬群のなかで折り合いをつけようとした。

新馬戦では周囲の馬を気にして首を上げ、噛みつこうとしたり、逸走したりと大暴れして競馬にならなかった。

大丈夫だ。今回は落ちついている。

ジェメロは首をリズミカルに上下させ、ゆったりと大きなストライドを伸ばしている。

ポジションは、縦長になった馬群のやや後方になった。

ここからでも楽に前をかわせるというプラティニの自信が伝わってくる。

後輩の高橋が双眼鏡を覗いて言った。

「ジェメロ、今日はちゃんと走ってますね」

「買ったのか」

「いえ、新馬戦で懲りたんで」

「あれだけ入れ込んでいたのに、どうして」

「あんなレースをされたら、もう買えないっスよ。今日だって、とりあえず回ってくるだけでしょう」

出走馬が最終の第四コーナーに差しかかった。

ジェメロは相変わらず後方で他馬につつまれている。すぐ外にいるのは、新馬戦でジェメロに乗った木田の馬だ。木田は、「未勝利で終わる」とこき下ろした馬に勝たれるわけにはいかないと思っているのか、ジェメロを内に押し込めようとしている。

汚い手のようだが、これも勝負のうちだ。

しかし、相手が悪かった。プラティニは動じることなく木田の馬と並走し、直線に向いた瞬間、右ステッキでゴーサインを出した。その鞭が木田の体にも当たった。ジェメロは、ひるんだ人馬を弾《はじ》き飛ばすように馬群から抜け出した。

馬体を沈め、黒い弾丸のようにスピードを上げて行く。

次々と他馬を追い越し、ラスト一〇〇メートル地点で先頭に立つと、プラティニは手綱をゆるめて追うのをやめた。

流すようにゴールを駆け抜けたときには、二着馬を五馬身以上突き放していた。

「す、すげえ……」

双眼鏡を持つ高橋の手が震えている。

「本当は、こういう走りを新馬戦で見られるはずだったんだよな」

「はい。すごすぎて、自分の馬券が紙くずになっても悔しくないっス」

検量室前に行くと、満面の笑みの谷岡がいた。

「コバちゃんの予想どおりか、予想以上か、どっちだ?」

「訊くまでもないだろう」

と小林は単勝馬券を見せた。

「たいしたもんだ。おれは恥ずかしながら、これほどの器とは思っていなかった」

「宇佐見さんは？」

「来てないよ。重賞しか見に来ないってさ」

担当厩務員の梅原にも、このやりとりが聞こえているはずだ。しかし彼はこちらに背を向けたまま、馬道の奥を見つめている。調教師の原がその横に立っている。

ジェメロが戻ってきた。

勝ち馬の「1」と刻印された枠場で、プラティニが飛び下りた。

「すごく強い。いい馬。次も、その次も乗りたい」

とプラティニは日本語で原に言った。

着外に終わった木田が、

「邪魔だ！」

と記者たちを押し退《の》け、検量室に入って行った。

パトロールビデオをチェックすると、直線入口で木田の馬が内に斜行し、プラティニの右ステッキに自分から当たりに行っているように見える。

口取り撮影に向かうジェメロについて行くと、エレベーターの前に山野美紗が立っていた。このレースに彼女の厩舎の馬は出ていなかったはずだ。

美紗は、ジェメロを見て泣いていた。

「よかった、ジェメ。強かったよ、ジェメ……」

ほかの厩舎に移ってから結果を出されて悔しい、というわけではないようだ。

「やっぱり、嬉しいものなのか」

小林が訊くと、不思議そうな顔をした。

「当たり前じゃん」

「厩務員ってのは、そういうもんか」

「産んだことないけど、自分の子供と同じだから」

それに、交際相手が新たな担当なのだから、余計に身近に感じられるのか。

「脚はもう大丈夫みたいだな」

「どうなんだろう」

と美紗はハンカチで洟《はな》をかんだ。大きな音をさせても気にしていない。見かけによらず豪快なところがある。

「どんなケアをしているか、聞いてないのか」

「誰から?」

「いや、担当している彼から」

「え?」

嫌らしい訊き方になってしまい、ばつが悪くなったので立ち去ろうとしたら、美紗に袖をつかまれた。

「何か、お宅ら、勘違いしてない？」

美紗が睨みつけた。

「お宅ら？」

「梅原君、彼とかじゃないから。梅原君は梅原君で『小林さんと付き合ってるのか』って、札幌の病院で何回も訊いてきたし」

事情を知らない人が見たら痴話喧嘩《ちわげんか》だと思われる勢いだ。

「もうちょっと小さい声で話そう」

「バッカみたい」

と美紗は目をつり上げ、早足で去って行った。


ジェメロの復帰二戦目は、二月一一日の東京芝二〇〇〇メートルの五〇〇万下だった。未勝利戦から中一週の強行軍だが、勝ち方が強烈だっただけに、ここでは単勝一・五倍の圧倒的一番人気の支持を集めていた。

引きつづき、鞍上はプラティニだった。出走馬は十五頭。

八番枠から速いスタートを切ったジェメロを、プラティニはそのままスピードに乗るよう、軽く促している。

ハイペースで捨て身の逃げを打つ馬を五馬身ほど前に見る二番手につけた。

先を見据えたプラティニが、さまざまなパターンの競馬をジェメロに教え込もうとしているのがわかる。意図や自信が見ている者に伝わるレースをすることも、プラティニの一流たる所以《ゆえん》だろう。
三、四コーナー中間の勝負どころで、ジェメロは早めに動いた。
直線入口で逃げ馬に並びかけて追い抜くと、どんどん差をひろげて行く。

他馬をかわしても最後まで気を抜いてはいけない、と教えているのか。

二着に大差をつける圧勝だった。

次走は、中二週で、皐月賞トライアルのGⅡ、弥生賞になった。

これまでのレースより、相手が格段に強くなる。

一番人気は前年のホープフルステークスを制したリアルファイト。二番人気は新馬、五〇〇万特別、京成杯を三戦三勝で来ているプルーフ。

ジェメロは単勝一二倍の五番人気だった。前走を圧勝しながらこの評価にとどまったのは、それまで戦ってきた相手が弱く、初の右回りを不安視されたためだった。

小林はこの日もジェメロの単勝を五万円買った。

中山で重賞を取材するときは、記者席ではなく、「はなみち」と名づけられた馬道の脇の外埒沿いでレースを見るようにしている。上階の記者席から観戦すると、検量室前に来るまでに、一度エレベーターで地下に降りて地下馬道を横切らねばならず、時間がかかってしまうからだ。それに、ここからだと、検量室の上にいる調教師や厩舎スタッフの様子をレース中に観察することもできる。

調教師の原と、調教助手の谷岡の間に、生産者の宇佐見誠司の姿が見える。堂林からジェメロを買い戻した今は、単なる生産者ではなく「オーナーブリーダー」だ。

一枠一番のジェメロは、誘導馬のすぐ後ろを歩いて馬場入りした。担当厩務員の梅原が曳き綱を外すと、芝の上を滑らせるように前脚を出して返し馬に入る。鞍上のクリス・プラティニの背は綺麗な水平を保っている。

曳き綱を肩にかけた梅原が馬場から戻ってくる。すれ違いざま、目が合った。会釈をすることもなく、黙って関係者席へと向かって行く。無愛想な厩務員は珍しくないが、これだけ担当馬の取材を繰り返しても距離を縮めてこないのは、小林を恋敵《こいがたき》だと思っているからか。老け込んだつもりはないが、異性をめぐる熱いものを持ちつづけられる彼が羨ましく感じられた。

三着以内に皐月賞の優先出走権が与えられるトライアル、弥生賞のゲートがあいた。

ジェメロは中団の内につけている。本命のリアルファイトの真後ろだ。プラティニは、相手と見た馬をマークする走りを教えようとしているのか。

馬群がスタンド前に差しかかった。目の前をジェメロが駆け抜けて行く。漆黒の馬体には鋼のような艶があり、いつもながら、もし触れたなら手が沈み込みそうなやわらかさを感じさせる。

触ってみたいと思う馬が現れたのは、競馬記者になる前、純然たるファンとしてレースを見ていた学生だったとき以来だ。仕事になると、意識して馬との距離を保つようにしていたし、また、取材対象として見つづけていると、自然とそうした思いを抱くことはなくなっていた。少しでも騎手心理に近づこうと都内の乗馬クラブに通っていたときも、馬を洗ったり、脚元の手入れをしたりという作業が面倒で仕方がなかった。結局、乗馬は、キャッチボールをしてプロ野球選手の心理を知ろうとするようなものだと思い、一年ほどでやめてしまった。

中山芝二〇〇〇メートルでは、スタートからゴールまでコーナーを四度回る。不器用な馬は、コーナーを回るたびに置かれて行くのだが、ジェメロがマークしているリアルファイトが、まさにそういう馬だった。

一コーナー手前では、十五頭中六、七番手だったのだが、向正面に入ったときには十番手ほどまで下がっていた。直後につけたジェメロのプラティニは、重心を後ろにかけて、窮屈そうに手綱を引っ張っている。

リアルファイトに見切りをつけて外に持ち出さないと、前との差がひらきすぎて苦しくなりそうだ。

しかし、プラティニが乗るジェメロは動こうとしない。このままだと、直線だけで十頭以上抜かさなくてはならなくなる。中山の直線は短く、三一〇メートルしかない。

勝負どころでようやくプラティニの手が動き、ジェメロをリアルファイトの真横に持ち出した。強敵を馬群のポケットに封じ込める意図はわかったが、このレースの場合、相手はリアルファイトではなく、前で流れ込みをはかる馬たちに思われた。

――そうか、プラティニは、確実に三着以内の優先出走権をとりに行く競馬を選んだのか。

直線に入り、ラスト二〇〇メートルを切っても、ジェメロは先頭から十馬身ほど離されている。

――おいおい、三着も危ないぞ。

先行馬たちが中山名物の高低差五・三メートルの急坂を駆け上がる。

勝負は決したと思われたそのとき、大外からジェメロが猛然と追い上げてきた。二馬身ほど後ろのリアルファイトが鞭で激しく叩かれているのに対し、プラティニは左の見せ鞭をしているだけだ。こうして鞭を馬の視界に入れ、風を切る音を聞かせることがゴーサインとなるのだ。

坂を上り切ったラスト一〇〇メートル地点で、先頭との差は五馬身を切っていた。

プラティニが鞭を右手に持ち替えると、またジェメロは加速した。

内の馬たちが止まって見える。

ラスト二〇〇メートルほどのところで外から先頭に並びかけた。プラティニが手綱をゆるめた。さらに外からリアルファイトが追い上げてくるが、差は縮まらない。

ジェメロは、ノーステッキで弥生賞を勝った。プラティニの読みは正解で、二着は道中マークしていたリアルファイトだった。

電光掲示板に表示された着差を見て驚いた。

ゴールしたときは二馬身差ほどだろうと思っていたのだが、三馬身半もの差がついていた。見た目以上に差がついているということは、それだけ、ゴールした瞬間の速度に他馬と大きな差があるということだ。

口取り撮影に向かう宇佐見に「おめでとうございます」と声をかけると、小さく頷いただけだった。ズボンのポケットに両手を入れている。GⅡを勝ったぐらいでは、誰とも握手をするつもりはない、ということか。

つづく最終レースを堂林の馬が勝った。すると、普段は検量室前に来ることなどない東都日報のレース部長が、口取り撮影に向かう堂林を追いかけ、何やら話している。さすがに口取りには加わらなかったが、コメツキバッタのように頭を下げる姿を見ていると情けなくなってきた。

記者席でレースレビューを書いていると、デスクからメールが来た。明日からシリーズでジェメロの強さの秘密を探るコラムを書け、という業務命令だった。

「お断りします。理由は部長に訊いてください」

と返信した。

翌日、部長に呼び出された。

例の広報担当の篠田常務の部屋に来るように、とのことだった。


篠田常務の部屋に行くと、レース部長のほか、デスクも来ていた。

部長が顎でソファを指し示した。

緊張し、両股《りょうもも》の間に手を挟んで座るデスクの隣に腰掛けた。

部長が切り出した。

「子供みたいなマネをするんじゃない」

「誰がですか」

と小林が言うと、奥の席に座る常務の眉がぴくりと動いた。

部長は広告の版下をテーブルに置いた。

スポーツクラブと、その経営母体が扱うビタミン剤やプロテインなどの、サプリメントのカラー広告だ。

「どこの広告かわかるな。レース面だけではなく、野球面や情報面などでも展開していく予定だ」

堂林が代表をつとめる「ドゥーマ」の広告だった。サプリの製造元は大手製薬会社になっている。東都日報と株を持ち合うプロ野球チームの株主でもある有名企業だ。

「憧れて入った東都が、成金会社の広報部に成り下がったとは、悲しいです」

「口を慎め」

「慎んでいますよ。ねえデスク？」

デスクは咳払《せきばら》いをしただけで答えなかった。

常務が口をひらいた。

「君は会社を辞める気なのか」

「辞める気なら、あなた方をぶっ飛ばしています。ですが、以前ほど愛着がなくなったのも事実です」

自分でも、なぜこんなに喧嘩腰になるのかわからなかった。沢村の一件以来、感情的になることが多くなったことは自覚していた。

常務は、おそらく自分に対するアメも用意していたのだろう。が、組織に執着心のない人間にとって、それは何の効力も示さない。

部屋を出て、レース部の自席に戻ると、緩衝材の入った封書が届いていた。

新冠のネイビーファームのロゴがプリントされたA4の封筒だった。レース部の記者には、印どおりの馬券を外して逆恨みした者からカミソリや動物の死骸などが送られてくることもある。なので、総務が事前に開封して確かめることが多いのだが、ネイビーファームからなら問題ないと判断されたのか、未開封だった。

中身は表書きのないＤＶＤと一筆箋だけだった。

――沢村さんからことづかったものです。

一筆箋には丁寧な文字でそう記されている。

宛て名の文字と同じ筆跡で、おそらく差出人は女だろう。

ネイビーファーム、女、沢村というキーワードから浮かんでくるのは、元タレントの紺野綾香ぐらいしかいない。

パソコンにＤＶＤを入れると、フォルダが二つ画面に表示された。

ひとつはたくさんのＪＰＥＧファイル、つまり、写真が入ったもので、もうひとつはテキストファイルにＵＲＬが記されているだけだった。

小林は、まずＪＰＥＧファイルから見ていった。

堂林が細身の女と腕を組んで歩いている。どこかの地方都市か。夕刻だ。次の写真で、堂林と女がホテルに入って行く。静内のホテルだ。ひとつの部屋の窓の写真がつづく。窓の灯りが消えた。深夜、女が出てきた。つづいて堂林が出てきた。写真にタイムコードが入っているので、証拠として完璧だ。

拡大すると細部がぼやけるので、はっきりとに見えない。この写真では髪を後ろで束ねてポニーテールにしているが、札幌ロイヤルホテルで一緒にいた髪の長い女か。

堂林と与党の代議士の写真も出てきた。そこに、ドゥーマにサプリを提供している製薬会社の社長が加わった。

薬品のリストらしき書類の接写もある。アンフェタミン、コカイン、カフェイン、ニコチン、メチルフェニデート……興奮剤ばかりだ。

堂林の私物らしきものの写真も次々と出てきた。財布の中身、中華人民共和国のパスポート、日付にいくつものローマ字が記された手帳の接写もかなりの量だ。

小林が堂林のジムの近くを歩いている写真まであった。

これらの写真の存在を堂林は知っているのだろうか。そして、これらを堂林も所有しているのかどうかも気になるところだった。

一枚一枚をさらに吟味する前に、テキストに記されたURLにアクセスした。クラウドのデータ保管庫だ。英数字のパスワードを入力するよう求められた。

おそらく、自分と沢村にしかわからない日付か何かだろう。

最後に話したのは、去年のダービーの二週間後の京王線のホームだった。カレンダーを見ると六月一一日だ。「KEIO0611」と入力したが、エラーだった。

しばらく考えて、ふと思い当たった。

初めて一緒に関西取材に行ったときのことだ。宝塚《たからづか》記念の取材で、沢村が大勝ちしたので、その夜、有馬温泉に繰り出して朝まで飲み明かした。途中から沢村の熱い文章論が始まり、芸者たちは眠そうだったが、小林は今もときどきあの夜のことを思い出す。

宝塚と西暦の「ＴＡＫＡＲＡＺＵＫＡ２００７」も、レースの日付を加えた「ＴＡＫＡＲＡＺＵＫＡ２００７０６２４」もエラーだった。こういうのは何度かエラーを繰り返すとシステムに入力を拒否される。二十字以内で「有馬」も組み合わせ「ＴＡＫＡＲＡＺＵＫＡ２００７ＡＲＩＭＡ」と入力してみた。

正解だった。沢村が保存したデータにアクセスできた。

フォルダには十数枚のＪＰＥＧファイルとワード文書が入っている。

ＪＰＥＧの写真から見ていった。

スーツ姿の男二人の写真。次は三十代のキャリアウーマンとおぼしき女の写真。さらに、リクルートスーツ姿の若い男、堂林、堂林と最初の写真の二人の男……と、そこまで見て、一連のアクシデントがつながっていたことを知った。

二人の男のうちのひとりは、地下鉄駅のエスカレーターで小林を転倒させた野球帽の男だ。キャリアウーマン風の女は、エスカレーターで前に立っていたヘビ女に印象が似ている。リクルートスーツの若者は、間違いなくジェメロの担当厩務員の梅原だ。

ワード文書をひらいた。

箇条書きのメモもあれば、比較的長い文章もある。

沢村は取材中もあまりメモをとらないほうだったから、これは備忘録ではなく、自分への伝言だと思った。これを残したということは、身の危険を感じており、同様の脅威が小林にも迫ることを予測していたのだろう。

*

よくパスワードがわかったな。褒めてやろう。

ただ、お前がこれを読んでいるということは、おれはこの世にいないのかな。

堂林和彦（陳天佑《ちんてんゆう》）は、競馬界に目をつけ、クラブ法人設立を企図。千歳グループの業態を模すため、大手生産・育成牧場の買収を検討中。競走馬保険、人馬共用の磁気ネックレス、サプリメント、活水器などのマーケットにも参入か。

堂林、禁止薬物リストにない興奮剤を所有馬に投与か。

陳天佑は、マネーロンダリングのための存在か。憲法改正反対、自衛隊反対運動などの動員ビジネスではこの名前を使用。

シビアすぎる実業家かと思っていた時期もあったが、ただの悪党だ(笑)。

写真の鉄砲玉に気をつけろ。特に厩務員の梅原。レンジャー気取りの殺人鬼だ。

先に言っておく。おれは堂林から五〇〇〇万円引っ張った。それとおれの生命保険で息子は手術ができるだろう。手術前に金の出所を云々《うんぬん》されたら困るので、真相を暴くのは手術が終わってからにしてくれ。

絶対の味方は浜口と紺野綾香。情報が錯綜《さくそう》して疑心暗鬼になっても、この二人だけは疑うな。

春の天皇賞のレビューはなかなかよかった。最初に動き出すことの恐怖心という騎手心理にフォーカスしたのはさすがだ。ただ「最強馬」という言葉は「称号」ではない。だから「最強馬の称号」という表現をあまり多用するな。業界の第一人者にならなくてはならないお前が誤った日本語を使っていては、競馬メディア全体のクオリティが疑われる。

お前が入社したばかりのころに書いたダービー当日のドキュメントを読んで、初めて年下の書き手に脅威を感じた。本命馬が馬場入りして見つめた先にあったもの、そこに渦巻いていた空気から書き出したのには驚いた。デスクが間抜けでよかった。書き直しを命じていなかったら、おれはルーキーにエースの座を追われるところだった。

お前の対象をとらえる目は、おそらく天性のものだ。おれは何度もそれを否定するようなことを言ったが、気にするな。

文章というのは、何をどう書くか、だけだ。その「何を」の部分で惹きつけるのがお前らしさだ。

例えば、データを突き詰めていくと、その先に矛盾した面白みだったり、笑える事実が浮かび上がってくることを、お前は意識して利用しているのか訊きたかったんだが、訊く前にお前はこれを読んでいるのかな。

有馬温泉でバカ騒ぎしたときみたいに、互いの原稿を肴に飲み明かしたいと何度も思ったんだが、子供のことで余裕がなくなっちまった。

お前に「言葉のスパーリングをしようか」と言ったこと、覚えているか。おれも昔、同じことを先輩に言われたことがあった。常務の篠田さんだ。おれはあの人に憧れて東都に入った。シャープな文章を書く人だった。文体だけじゃなく、視点からしてシャープなんだ。つまり「何をどう書くか」の「何を」が鋭かった。機会があれば、資料室で昔の記事を読んでみろ。しびれるぞ。

もうひとつ言い訳をさせてくれ。お前が堂林を追いかけていることを他社の連中にわかるようにしたのは、水面下でひとりで動くのは危険だからだ。やつの周りには、五万円や一〇万円で人を殺す人間がいる。おれとつながっていることを疑われたとしても、単独でロックオンされるよりはマシだったはずだ。

言えた立場じゃないが、堂林に負けないでくれ。正義感なんてものはいつなくしたか覚えていないが、どんなに落ちぶれても、馬に対する愛情だけは持ちつづけていたつもりだ。堂林は、所有馬を名前ではなく番号で覚えている異常者だ。その汚れた手でつかんだ金を引っ張ったことは恥ずかしいが、新聞記者という立場、情報網、使えるものは何でも使うしかなかった。

お前がときどき、おれがいるから東都に入ったと話していると聞いて、嬉しかった。ただ、真似をするのはもうやめておけ。

ジェメロというのはいい馬だな。宇佐見は、ハナっから堂林から買い戻すつもりだったんじゃないか。

＊

泣いていることをほかの人間に悟られないようにするのが大変だった。

これは沢村の遺書なのか。堂林に狙われているから、あるいは、自ら命を絶つつもりでいたからなのか、先が長くないことの覚悟とも諦めともとれるものが伝わってくる。

堂林の所有馬に故障が続出したのは、興奮剤を投与して「実験」していたからなのか。そして、札幌で自分を轢こうとしたのは「レンジャー気取りの殺人鬼」と沢村が評した梅原だったのか。

また、これだけ宇佐見に言及しているということは、宇佐見とも面識以上のものがあったのか。マスコミ嫌いの宇佐見がすんなり自分を受け入れたのも、沢村の存在があったからかもしれない。

ほかにもいくつか気になるところがあった。

常務の篠田が、若かった沢村が心酔するほどの記者だったとは意外だった。それほどの男が、なぜ堂林などの傘下に入るようなことをするのか。

それ以上に引っ掛かったのは、ジェメロに関する言葉だった。売った馬をあえて買い戻すことのどこにメリットがあるのか。どうしてもその時期まとまった金が必要だったとか、何かの時間を稼ぐためか。

今になって紺野綾香がこのDVDを送ってきたということは、沢村の息子の手術が終わったということだろう。

納得できたことばかりでなく、新たな疑問も次々と出てきて、なかなか頭のなかが整理できない。いろいろなことがゴチャゴチャになって落ちつかないが、一連の出来事のつながりを把握できた安心感は大きかった。

おかしな話だが、自分の身に危険が迫っていることを理詰めで理解できたことによって安堵《あんど》を得ることができたのだ。

DVDを二枚コピーした。さんざん迷ったが、一枚を高橋のカバンに押し込んだ。

そして、二週間後に指定日時送信予約したメールにこう記した。

「おれが死んだらここにアクセスしてくれ。パスワードは、おれとお前にだけわかるものだ」

さらにファイル保管クラウドのURLを記した。そこに沢村が残したワード文書と、沢村が決めたパスワードを記したテキストファイルを預けることにした。沢村が残した、とわかるようにしなければならないからだ。自分の保管クラウドのパスワードは、「ジェメロ」と日付を組み合わせる。新馬戦より、未勝利戦を勝って変身した姿を見せられたときの印象が強いだろうから、「gemello0128」がいい。二週間後も自分が生きていたら、送信予約をさらに二週間先にすればいいだろう。

もうひとつ、迷っていることがあった。

警察に連絡すべきかどうかだ。

沢村が死んだときは、事件の可能性もあるからと警察が動いていたが、かなりの人数を動員したわりに、捜査はすぐに終わってしまった。

警察が介入すると堂林の動きが変わって、尻尾《しっぽ》をつかみそこねてしまう恐れがあった。それでこちらからはアプローチせずにいたのだが、今は状況が違う。

相手の人員構成や、脅しのからくりが明らかになったのだから、公権力による総攻撃で一気に打ち倒すチャンスかもしれない。

小林は麻布警察に電話して、刑事課につないでもらった。名乗ると、もう一度電話を回され、若々しい声が応じた。

「新橋でお会いした河原です。よかった、小林さん。連絡を待っていたんですよ」

「どういうことですか」

「それをお話ししたいので、どこかでお会いできますか」

警察官特有の高圧的な早口ではないかわりに、含みのある嫌らしい話し方をする。

入稿作業がひと通り終わった午後四時過ぎ、小林が指定した、会社から近い喫茶店に行くと、河原だけではなく、ベテラン刑事の門田もいた。前に会ったときに鬱陶《うっとう》しく感じただけだったが、自分に向けられた悪意の正体がわかり、危害を加えられる可能性があると明らかになった今は、こういうコワモテのほうが頼もしく感じられる。

小林は、コピーしたＤＶＤの一枚を河原にわたした。

「今日、ぼく宛てに送られてきました。ＪＰＥＧファイルと、クラウドのデータ保管庫のアクセス先が記されたテキストファイルが入っています」

と、タブレットに保存した、それらの写真を見せた。

それを河原がスクロールし、ときおりタップして拡大する。彼も、横から覗き込んでいる門田も、驚きもしなければ、不思議そうな顔もしていない。

誰の写真なのかわかっていて、すでに連中の動きを把握しているのだろう。

河原が口をひらいた。

「いつごろから、彼らの存在を感じていましたか」

「去年の今ごろですかね。何かをされたわけじゃなく、競馬場や会社の近くで、誰かに監視されているように感じていたんです」

小林が答えると、河原は門田に目配せした。

「お宅も、あちら側の可能性があったんでね」

と門田は片方の眉を上げた。

「なるほど、鋭い視線の主はあんただったのか」

「おれだけじゃないかもしれないが、さすが新聞記者だ。よく気づいたな」

「そちらこそ、よくぞ、その大きな体を隠して尾行できましたね。何者かに見張られているような感覚にずっと悩まされていたんですけど、監視していたのが門田さんだとわかってほっとしました」

小林は、つづいて、沢村が残したワード文書のプリントアウトを見せた。

写真よりも興味を惹かれたらしく、河原が訊いた。

「こちらもいただいていいですか」

「どうぞ。そのＤＶＤにアドレスがあるクラウドに保管されている文書です」

「前に話をうかがったとき、沢村さんは自殺するような人ではないと言いましたね。今も同じお考えですか」

「正直、わからなくなってしまいました」

とプリントアウトを指して、つづけた。

「これまで自分は、その文章から見えてくる沢村さんの姿とは、違う沢村さんを見ていたような気がしてきたんです」

「この文書を読んだのは」

「ぼくだけです」

「ドゥーマ側にはわたっていませんね」

「沢村さんが同じ文書を誰かに見せていない限り、大丈夫です。あの人とぼくにしか推測しようのないパスワードなので」

「これは遺書ととれなくもないので、ドゥーマの弁護士にわたったら、殺人ではないと主張する有力な証拠になり得る。われわれ警察の仕事はしばしば『罪をつくること』だと言われるのですが、本当に無実の人間なら、言葉どおり、罪などつくりようがない」

小林は、初めて新橋で事情を訊かれた日に地下鉄駅で起きたことや、その後、札幌のホテル近くでクルマに轢かれそうになったことを伝えた。

メモをとっていた門田が、ぼそっと言った。

「白のAMGか」

「そうですけど、どうしてそれを？」

「あんた、北海道警察で『警察は情報をデータベースで共有しなきゃダメだ』って説教たれたそうじゃないか」

確かに、調書をつくっていた警察官の手があまりに遅かったので文句は言った。

「そこまで知ってたんですか」

「言っただろう。ドゥーマ側の可能性もあると見ていたって。自作自演だったかもしれないからな」

「警察はどこまでつかんでいるんですか。捜査に支障をきたす恐れがあるから、教えてはくれないのかな」

と言うと、河原が微笑《ほほえ》んだ。

「そのとおりですが、お恥ずかしい話、あなたと沢村さんといい勝負、とだけお答えしておきます。堂林和彦が陳天佑と同一人物だとおわかりのようだし、あなたも保秘義務のある仕事をしているのでお伝えしておきますが、これは公安マターでもあります」

「公安が入ると、捜査の仕方も変わってくる」

と門田が苦笑した。河原は公安のキャリアなのか。だとしたら、警察手帳を見せなかったことも、刑事課から別のところに電話を回されたことも合点がいく。

となると、彼らにわたした証拠が通常とは異なる扱われ方をするかもしれない。高橋にも預けておいたことを黙っていたのは正解だったようだ。

「公安はスパイ捜査員を送り込むことがあるというのは本当ですか」

河原はそれには答えず、自分のスマホをとり出した。

「あなたの携帯電話の番号を一一〇番登録しました」

「一一〇番登録?」

「あなたのスマホから一一〇番にかけると、ドゥーマ関連の事案であることと、被疑者になり得る数名の顔写真が警察の受理画面に表示されます。すぐに警官が駆けつけられるよう、なるべくGPS機能をオンにしておいてください」

門田が加えた。

「あんたが東京競馬場にいるときに一一〇番したら警視庁、中山にいるときは千葉県警、美浦トレセンにいるときは茨城県警につながる。本来なら県警ごとにテスト通話をしたいところなんだが、本件は特例だ」

「それは心強いけど、ぼくはここ数カ月は、堂林を追いかけていませんよ」

「でも、やつらはそうは見ていないかもしれない」

と河原。門田が窓の外を見た。

「連中の誰かがここを張っていたら、逆に、あんたが本腰を入れたと思うかもな」

「ハハハ、まったくだ」

小林としては笑うしかなかった。河原が言った。

「それと、沢村さんが残したメモには、誤った情報も含まれています。念のため、申し添えておきます」

「どれが誤った情報なのかは教えてくれないわけか」

「申し訳ありません。すべて解決したときにはわかるはずです」

「それまであんたが無事ならな」

と門田が黄色い歯を見せた。

河原の言った「誤った情報」とは何なのか。堂林がたくらむ悪事の詳細か。敵味方の構図か。

今になってわざわざ一一〇番登録をされたことも気になった。堂林の手の者が自分に危害を加える可能性が大きくなっているのだろうか。

モヤモヤしたものを抱えたまま、美浦トレセンの調教スタンドで、週末の重賞に出る馬たちの調教タイムを計っていると、後ろから背中を突つかれた。

山野美紗だった。

「ジェメロのコラム読んでるよ」

結局、週二、三本の不定期連載を、皐月賞までつづけることになった。

新馬戦で大敗し、しかもボーンシストという厄介な故障に見舞われながら見事に復活したジェメロの走りは、多くのファンの感動を呼んでいたのだ。

「読んでもつまらないだろう」

「いや、面白い。私たち、牧場時代のことまではわからないから」

「ジェメロに触ることはできないのか」

「うん、あの厩舎、よその厩舎スタッフも立入禁止だから」

「なら、お互いに寂しいな。人も馬も」

「いや、ジェメロはそうでもないみたい。外ですれ違っても知らん顔だし」

「半年もトレセンを離れていたんだから、忘れても仕方がないだろう。離乳して引き離された親仔も、三カ月か四カ月でお互いのことがわからなくなるっていうからな」

「うーん、でも、そのくらい久しぶりに会ったのに、覚えている馬もいるよ。ジェメロみたいに頭のいい馬が忘れるなんて、何か信じられない」

「すっかりおとなしくなったしな」

「うん、別の馬みたい」

二人の視線の先を、原厩舎所属馬の一団が駆け抜けて行く。揃いのブルゾンを着た乗り手の、最後尾につけているのは梅原だ。調教騎乗もする「調教厩務員」であることを示すオレンジの帽子を被《かぶ》っている。すぐ外につけた騎手よりも鞭の持ち替えが速いくらいで、地面と水平になった背中がまったくぶれない。

「あの梅原という男、恐ろしく上手いな。海外で乗り役でもやってたのか」

「知らない。むっつりして、気持ちの悪い人だよ」

沢村の言う「殺人鬼」としての顔に、誰も気づいていないのか。

馬乗りがこれなら、格闘技の腕も想像がつく。

梅原が乗っているのは、ジェメロではない馬だ。

ジェメロは弥生賞を勝ったあと、放牧に出されている。皐月賞まで中五週と余裕があるため、一度楽をさせてから、体をつくり直すのだろう。

「安西のテキ、落ち込んでないか」

自分の厩舎にいたときはまったく走らなかったジェメロが、他厩舎に転厩したとたんクラシックの有力候補となったのだから、いい気分のはずはない。

「うん、先生だけじゃなく、厩舎全体がちょっと暗いね。私も、ジェメが勝っても喜びづらいんだよなあ」

安西厩舎の評価が下がるのと反比例するように、ジェメロを立て直した原厩舎を讃《たた》える声が大きくなっている。双方を定期的に取材するため毎日顔を合わせる新聞記者は露骨な表現は避けるが、ネットのファンの書き込みは辛辣《しんらつ》だ。匿名での誹謗中傷のなかには、関係者やその家族には見せられないほどひどいものも多い。

そうしたネットの世界で息づく「もうひとりの小林真吾」、つまり小林のなりすましは、それほど「ジェメロ推し」ではないようだ。リアルの小林がジェメロの連載コラムを書いてキャラクター色を濃くしたせいか、「もうひとりの小林真吾」は、法務担当の中井が話していたとおり、以前ほど活発ではなくなったように見受けられる。

翌日、取材を終えて駐車場に行くと、小林のクルマの横に美紗が立っていた。

「もう厩舎の仕事は終わったのか」

「うん。今日は早番だったから、午後はお休み」

どこか元気がない。

「どうした。何かあったのか」

と訊いても何も答えないので、つづけた。

「そこらに飯でも食いに行こうか」

「うん」

と美紗は助手席に乗り込んだ。

トレセンから少し離れた店がいいと美紗が言うので、美浦から桜土浦《さくらつちうら》インターに向かうバイパス沿いのファミリーレストランに入った。

悩み事があっても食欲には影響しないらしく、ランチセットのハンバーグとエビフライをぺろりと平らげ、追加でパフェを注文している。

「それだけ食べて、よく太らないな」

「いや、見えないところは太ってるの」

「見えないんだったら、いいじゃないか。太っていないのと同じことだ」

「やだなー、そういう考え方」

と、空になったパフェのグラスの底をじっと見つめている。

「何か話があるんじゃないのか」

「うん、そうなんだけど……」

と、ため息をつき、話しはじめた。

「先週、千葉の外厩に短期放牧に出ていた馬が帰厩してきたの。でも、それ、毛色とか流星とかがそっくりな別の馬だってわかって、帰されたんだ。トレセンに入るとき、首に埋め込んだマイクロチップの番号を読み取って、違う馬だとわかったんだって。外厩で、いつもうちの馬が入っている馬房にたまたまその馬が入っていて、向こうの人が間違えて馬運車に乗せちゃったみたい」

マイクロチップは長さ一三ミリ、直径二ミリの鉛筆の芯のような形をしている。日本では、二〇〇七年に生まれた産駒から体に埋め込むことが義務づけられた。専用の読み取り機を近づけると、そのチップに固有の番号が表示される。

「マイクロチップのない昔なら、しばらくわからなかったかもな。ディック・フランシスの競馬ミステリーなんかでは、馬のすり替えがトリックに使われてるよ」

「それなの！」

「え？」

「すり替え。ジェメロ、すり替えられたんじゃないかな」

と美紗は顔を突き出した。

「どうやって」

「わかんないけど、そんな感じがする」

「そもそも、ＪＲＡの施設に出入りするたびにチップで個体確認するわけだから、先週のその馬みたいに正体がわかっちゃうじゃないか。仮に、チップのシステムをいじってすり替えたとしても、どの馬にすり替えるんだよ。あれはどう見たってジェメロだぞ」

「いや、違う」

「どこが」

「白目がジェメと違う。ジェメは白目は真下が一番多いんだけど、原厩舎のジェメロは、真下よりちょっと後ろが多くなってる。それに、流星も本物のジェメのほうが短い」

「いやあ、成長によって変わってくる部分もあるんじゃなのか。特に流星とか脚の白《はく》は、体が大きくなるとずいぶん変わるだろう」

「調べてよ」

「は?」

「獣医とか、競馬会の登録課とかに、すり替えの可能性があるって言って」

「うん、まあ、それとなく訊いてみるよ」

勢いに押されてそう言ったが、美紗は物足りないようだ。

「本物のジェメだって、あれぐらいやれたと思う」

彼女のなかでは、もうすっかり、原厩舎にいるのは「偽物のジェメロ」になっている。

「いつからそんなふうに考えるようになったんだ」

「先週、馬の間違いがあってからかな。それまでは、何となく変だなって思っていただけだったんだけど、別の馬だとすると、いろいろ納得できるようになって」

「君の仮説が正解だとして、誰が、何のためにそんなことをするのかな。いわゆる動機ってやつがわからない」

「オーナーブリーダーの宇佐見さんが……」

「宇佐見さんが、何？」

「わかんないけど、ジェメロってイタリア語で『双子』っていう意味でしょう。ジェメロに双子の兄弟がいるのかもよ」

「あれは、宇佐見さんに双子の娘がいるから名づけたんだよ。堂林さんに売るときの条件のひとつが、『ジェメロ』と馬名登録することだったんだ」

「それ、小林さんの記事で読んだ。あの記事が面白いって言ったのは本当だよ。だって、あれはジェメのことを書いた記事だから」

　ジェメロのすり替えはともかく、競走馬の個体確認技術の進化や、サラブレッドの双子に関する話は、クラシックシーズン終了後の暇ネタとしては面白いと思った。

　美紗を厩舎関係者の独身者用の社宅まで送ろうとしたら、手前のコンビニのところで停めてほしいと言われた。

「誰かに見られて、変な噂になったら小林さんが困るでしょう」

　と怒ったように言い、降りてから手を振った。

美紗の言い方から、自分を恋愛対象としてまったくの圏外に置いているわけではないことがわかった。我ながら現金だが、それだけで気分がよくなった。

しかし、その夜、浮かれて周囲をよく見なかったことを後悔することになった。

マンションの近くに借りている駐車場に戻ってクルマから降りた。そのとき、小林のゴルフの正面を塞ぐ格好で黒いワンボックスカーが停まった。

二人の男とひとりの女が降りてきた。

地下鉄駅の三人か。

女が小林の左に来て腕を組むようにした。そして右腕を小柄な男に押さえられた。こいつは野球帽をかぶっていた男か。

小林は、小学生のときから高校三年生までサッカーをしており、全国大会に出場したこともある。大学時代は近くのボクシングジムに通い、試合には出なかったがプロのライセンスを取得した。要は、腕っぷしには自信があった。

瞬時に体を震わせ、女の手を振りほどこうとした。しかし、女は恐ろしく力が強く、びくともしない。逆に、左腕を締め上げられ、背中に膝蹴りを入れられた。

「ぐふっ」と声が出て、息が詰まった。

女がニヤリとした。口臭にヤニの臭いがまじっている。近くで見てわかった。喉仏のふくらみからして、こいつは男だ。

両脇を抱えられ、ワンボックスカーの二列目座席に引きずり込まれた。腰を降ろすと同時に、右の男の頬骨に頭突きを食らわせてやった。次の瞬間、男の強烈な右フックがみぞおちに入った。

顔にずだ袋を被せられた。その上から、容赦なく拳を浴びせられた。耳鳴りでエンジン音が聞こえなくなった。口のなかに鉄のような血の味がひろがった。鼻水が止まらないように感じるのは、血が流れつづけているからだろう。

右に座った男が何か言っている。

クルマが動き出した。

しばらく走って、ようやく耳が聞こえるようになってきた。

「書類はどこだ」

小林に訊いているようだ。

「何だって？」

しゃべると舌と顎が痛い。

「書類だ。委任状や、権利書」

「言ってる意味がわからんな」

「とぼけるな」

と女男に腕をひねられた。

「放せ、オカマ野郎」

「お前は死にたいらしいな」

と、女男が顔面に肘打ちらしき打撃を加えてきた。

「お前らが沢村さんを殺したのか」

男女は、答えるかわりに腕をつかむ力をゆるめた。

小林は、腕を振りほどき、顔のずだ袋を引き剝がした。対向車のライトが眩《まぶ》しい。ワゴン車が急ブレーキをかけた。

「どうして停まる」

と右の男が運転席の男に訊いた。

「いや、前のクルマが……」

と運転席の男が話している間に、女男が左のスライドドアをあけた。

ドアの前に、細身の男が立っている。

沢村が「殺人鬼」と呼んだ、調教厩務員の梅原だ。

目が合うと、梅原はニコリとした。初めてこの男の笑う顔を見た。若い男の笑顔を見て恐ろしいと思ったのは初めてだった。

女男が飛び降りた。その顔に、高く振り上げた梅原の右足がヒットした。何かが飛んだように見えたのは、女男の折れた歯か。今度は左の踵《かかと》を女男の脳天に落とした。自分より背の高い相手の顔を楽々と蹴りつづけている。

確かに「殺人鬼」と呼ばれるにふさわしい攻撃力だ。しかし、なぜ小林ではなく女男を叩きのめすのか。

右の男が何もしないのはおかしいと思い、首の痛みに堪えながら横を見ると、両手を挙げていた。窓があけられ、外にはこちらに拳銃を向けた男がいる。

小林の口から自然と声が漏れた。

「門田さんじゃないか」

ベテランの門田刑事だった。

「小林さん、自力で降りられるか」

「ああ、多分」

下半身はやられていない。ふらつきはするものの、どうにか外に出ることができた。どこから湧いてきたのかと思うほどの警察官が、小林を襲った三人をパトカーに押し込み、去って行った。

「殴られても、なかなかの男前ですね」

公安の河原が笑った。

「どうしてここに？」

「うちの人間があなたをずっとマークしていたんです」

と梅原を見た。

梅原は公安が送り込んだスパイだったのか。どうりで、頭も運動神経もずば抜けているわけだ。沢村のメモにあった「誤った情報」というのは梅原のプロフィールか。

軽い目眩《めまい》に襲われた。足元がもつれ、転びそうになったところを門田に支えられた。

「おれがいるってわかってたなら、もっと早く助けてくれたってよかったじゃないか」

「現行犯で逮捕することが重要なんだ。新聞記者ならわかるだろう」

と門田に尻を叩かれた。

「おれは競馬記者だ、あたた……」

「それだけ元気なら、署で応急手当をすれば大丈夫だな。ちょっと話を聞かせてもらいたいんでね」

「話を聞きたいのはこっちのほうだよ。おい、お前もだ」

と梅原に呼びかけると、梅原はぺこりと頭を下げた。


綺麗な婦人警官が消毒と湿布でもしてくれるのかと思いきや、嬉しそうな顔をした門田が、刑事課の取調室に救護箱と手鏡を持ってきただけだった。

鼻血は止まり、出血しているのは額と唇と口のなかだけだ。鼻筋が曲がっているように見えるのは、軟骨がひん曲げられたのではなく、腫れているだけだと思いたい。困ったのは、試合直後のプロボクサーのように腫れた瞼《まぶた》だ。明日、この顔で出社したら何を言われるかわからない。

入口側の椅子に河原と門田が座った。

「あいつらは？」

小林が訊くと、河原が答えた。

「本部に連れて行きました。上長の指示です」

「傷害、監禁、脅迫、クルマは盗難車だろうから窃盗もか」

「七十二時間の勾留期限を何度も使えるから、時間はたっぷりある。あんたのおかげだ」

と門田は相変わらず笑っている。

「おれがボコボコにされたのがそんなに嬉しいか」

「そりゃ嬉しいさ。これで前歯でも折られてりゃ最高だったんだがな」

歯で思い出した。

「梅原はどこに？」

と河原に訊いた。

「連中と一緒に本部です」

「公安ってのは人材の宝庫らしいな。あの男の運動能力はとてつもないレベルだ」

「まだしばらく美浦に張り付けておくので、内密に願います」

「梅原の正体を知っている人間は、競馬会にいるんですか」

「はい、理事長以下、全理事と美浦トレセンの場長、所属厩舎の調教師など、十名ほどは知っています」

「ちょっと待ってください。調教師って、原のテキが？」

「そうです。たまたま知人が北大で彼と同期だったこともあって」

「馬術部にいた人間か」

「いえ、原調教師はオチケンにも籍があって、そこで一緒だったようです」

「オチケンって、落語研究会の落研？」

「そうです。彼の『寿限夢《じゅげむ》』や『井戸の茶碗《ちゃわん》』は名人芸の域らしいですよ」

堅物の原が高座に上がるシーンはとてもではないが想像がつかない。

そのとき、河原のスマホの着信音が鳴った。

梅原からのようだ。

五分ほど梅原と話したあと、河原が言った。

「彼らはあなたに書類をわたすよう要求したそうですね」

「委任状がどうとか言っていました。そんなものは持ってないんですけどね。そもそも何の委任状なのかな」

「連中も詳しくは知らないようなんです。彼らに命令、もしくは依頼した人間が、あえて内容を知らせなかったのでしょう」

「信用していないからか」

「あるいは、知らせるまでもないと考えているか」

「やつらにおれを襲わせたのは、実業家の堂林ですね」

小林の質問に、ひと呼吸置いて河原が答えた。

「我々は、そう見ています」

「まだ確証はつかめていない、と」

「そう思っていただいて結構です。おそらく、不動産の登記、有価証券の譲渡、遺言の執行などに関する委任状でしょう。一枚の紙っぺらであっても、それが原本なら、委任状の効力というのはバカにならないんです。家一軒どころか、大規模なオフィスビルやグループ企業の所有権が動くこともある」

「堂林が受任者になっているのかな。だとすると、堂林の手元にあれば金のなる木で、警察にわたれば詐欺や脅迫の証拠になり得る、というわけか」

襲ってきた連中の「本気度」からして、金で依頼されたプロではなく、堂林に絶対的に服従している者たちであるような気がした。

「これからは、刑事課の私服警官が常時あなたを警護します。といっても、一緒にいるわけではなく、ある程度の距離から見守る形です。さらに、午前と午後に一回ずつ、私か梅原から連絡を入れさせてもらいます」

「ということは、警察は、堂林がまたおれに何かを仕掛けてくる可能性があると見ているのか」

「ええ。おそらく書類を入手したのは沢村さんです。相手方は、沢村さんとあなたが共謀したと見ている可能性がある」

河原がそう言うと、門田がまたニヤリとした。その表情を見てわかった。

「警察は、堂林の出方を見るために、おれを泳がせておいたわけか」

「マークしていた、と言ってほしいな」

と門田が嬉しそうに言った。

「市民の安全を守るのが警察の仕事だろう」

「マスコミは都合のいいときだけ市民になるから困ったもんだ」

と言った門田を手で制して、河原が二枚の写真を差し出した。

初めて聴取されたときに見せられたのと同じ女の写真と、プライベートな時間を過ごす女優のように、サングラスと帽子で顔を隠した女の写真だ。

「見覚えは？」

サングラスをした女の写真を引き寄せる手が震えそうになった。

言うべきかどうか考え、隠す理由がないと判断した。

「こっちは、村本……いや、紺野綾香だと思う」

「同一人物の写真です。前にもお見せしたほうが、半年ほどあとに撮ったものです」

見られる仕事をしていた人間ならではの身のこなしまでわかるようなサングラスの女が、たった半年の間に、若さも艶っぽさも失い、険のある中年女になった。

堂林と、沢村、紺野綾香はどのようにつながっているのだろう。

河原がつづけた。

「ドゥーマと堂林の自宅に一斉捜索をかけてもいいのですが、万が一何も出なかった場合、それ以上動けなくなる恐れがあります」

「お宅らにとっては、堂林武雄《たけお》の存在もネックになってくるのか」

堂林武雄は政権与党の代議士で、当選回数五回。堂林の叔父《おじ》だ。外務官僚上がりで、閣僚入りの噂もちらほら聞こえている。

「どうでしょう。堂林代議士にとって、この甥《おい》は、貴重な資金の供給元であると同時に、危なっかしい爆弾でもあるわけです。マスコミを使ったイメージ戦略を非常に気にする政治家なので、むしろ、我々と利害が一致する部分もあるでしょう」

「おれも、あんたも『我々』か」

と門田を見ると、まだ笑っていた。

「ところで、中国が日本海の天然ガス採掘で問題を起こしているのはご存じですよね」

と河原が訊いた。

「ええ。でも、それが何か」

「甥のほうの堂林が、それに絡んでいる可能性があります」

「詐欺師、ペテン師、おまけに国賊か」

「堂林の叔父と甥の力関係は、我々が思っていたのとは逆かもしれません」

「なるほど。だとしたら、おれを襲ったやつらが探している書類を、叔父のほうの堂林もほしがっているんじゃないですか」

「書類の存在を知っていれば、可能性はありますね」

と言いながら、河原は何度か紺野綾香の写真に目線を落とした。

無意識にそうしているのを悟られるような隙のある男ではない。紺野綾香に引っ掛かりを感じていることを小林に知らしめているのだろう。

その委任状を含む書類は、今、どこにあって、誰が管理しているのか。

沢村が死んだのは去年の七月だ。それまでに、先日クラウドから小林がダウンロードしたデータのように、何らかの処置を施したのだろう。だが、今回のブツは、データではなく実際の紙でなければ意味がない。あのデータのように、死後、誰かに送るとしたら、やはり相手は自分なのだろうか。

沢村が警察に一度も相談しなかったのは、自身が法を犯していたからか。

そこまで考えたとき、ふと、至極基本的な疑問が湧いてきた。

「沢村さんが堂林の弱みを握るに至ったきっかけは何だったのかな。警察がいつもひとつ覚えみたいに言う『動機』ってやつだ」

「金じゃないのか」

と門田。やはりこいつは脳味噌《のうみそ》まで筋肉なのか。河原が言った。

「あなたと同じく、自分から近づいて行ったことは確かです」

「あの人もおれも競馬記者だ。だが、あの人の目的は取材ではなかったような気がする」

「近づこうと思った理由、近づくに至った背景は、後輩のあなたのほうが的確に推測できるのではないですか」

「間違いないのは、自分からケンカを吹っ掛けるタイプではない、ということかな」

「ならば、誰かを、何かを、守ろうとしたのでしょうか」

「誰かを守る……、おそらくそうだろう」

守りたかったのは家族か、それとも愛人か。

「沢村さんが手にした書類に権利関係の委任状があったとすると、それらを破棄したか、どこかに隠したとしても、堂林には多少の痛手になります」

「ただ、沢村さんはそれで満足する人ではない」

「だとすると、堂林にも、公権力にも屈しない人に託し、つづきをやり遂げてくれることを望んでいたのでは？」

「それがおれというのは、光栄だな」

と言いながら、小林は、河原がさり気なく口にした「公権力」の意味を考えた。

沢村は、堂林を追い詰める切り札を自分に預けることによって、自分が公権力、つまり、警察とも何らかの取引をすることを望んでいたのではないか。

沢村は何を望んだのか。ひょっとしたら、その答えを知っているのは、自分ではなく、警察かもしれない。

「もし、それらを入手したら、警察は何をしてくれます？」

「誰のために？」

と河原。

「沢村さんのために。いや、そうか。沢村さんの家族のためか」

「できますか」

と河原が門田の顔を見た。河原から門田にうかがいを立てるということは、公安だけではなく刑事課も関わってくる案件なのだろう。

「するしかないでしょう」

と、門田は胸の前で腕を組んだ。

沢村が堂林から五〇〇〇万円を引き出したことを恐喝事件として立件し、被疑者死亡で送検すると、沢村の息子は「犯罪者の子」になってしまう。また、そんな金で命がつながれたことを喜ばないかもしれない。

それを握りつぶすための、これは一種の司法取引だ。

となると、何としても書類を手に入れなければならない。

ひとつの嫌な可能性が思い浮かんだ。

沢村は、それを小林宛ての郵便物として東都日報のレース部に送ったのではないか。先日、紺野綾香と思われる人物がしたように、ネイビーファームなどレース部の業務に直接関係する会社の封筒であればノーチェックで小林に届けられるだろうが、そうでなければ、総務の人間が開封したかもしれない。

総務をとり仕切っているのは、広告担当役員でもある常務の篠田だ。

篠田の手に書類がわたっていたらゲームオーバーだ。こちらの負けが確定する。

どうやら、明日も出社しなければならないようだ。

朝から強い陽射しが降り注いでいる。

眩しさに顔をしかめると、瞼も頬もひきつれて痛い。

それでも、サングラスをかけてマスクをすれば、傷や腫れはどうにか隠せる。満員電車でほかの乗客の体が当たるたびに小さくうめきながら、会社にたどり着いた。少し後ろにいた二人組が、間接的なボディガードの私服警官だろう。

レース部には寄らず、最上階にある篠田の部屋をノックした。

応答はなかったが、構わず部屋に入った。

奥のデスクからこちらに顔を向けた篠田が微笑んだ。

「どうした、その顔は」

アポも許可もなく入ったことを咎《とが》められると思っていたので、拍子抜けした。

「ご存じではないのですか」

「さあな。とにかく座れ」

とソファを指さし、自分は向かい側に座った。

腰を降ろそうとしたら、女男に蹴られた背中が痛んだ。

「うっ」

「派手にやられたな。堂林か」

「やっぱり、知ってるんじゃないですか」

「あの男のやりそうなことだ」

「本性をご存じなのに、割り切ったお付き合いをしているんですね」

「まあ、そうなるな」

と篠田は両手で髪を後ろに撫でつけた。

「沢村さんからぼく宛てに書類が届いていませんか」

「知らん。どうして私に訊く」

「とぼけないでください。総務で開封して、あなたの手元に来たはずだ」

と小林が言うと、篠田は苦笑した。

「感情的な思い込みは墓穴を掘ると、沢村に言われなかったか」

「これは思い込みでも決めつけでも……」

ない、と言い切ることはできなかった。

篠田が黙って立ち上がり、ズボンのポケットからキーホルダーを出した。そして、壁面のクローゼットのような扉を開錠した。鍵穴は三つあり、それぞれ違う鍵でなければならないようだ。木製に見える扉は鉄製で、重そうだ。

奥に金庫がある。篠田は、背中でそれを隠したまま、金庫をあけて、振り向いた。

「お前が探しているのはこれか」

とA４判の茶封筒を差し出した。

切手が貼ってあり、宛て名は篠田になっている。差出人のところは空白だ。

クリアファイルに挟まれた、四通の委任状が入っていた。都内で個人が所有する土地の譲渡に関するものが二通と、遺産相続に関するものが二通だ。四通とも、委任された手続きを代理人として行う立場の者、つまり、受任者が堂林になっている。が、予想していたほど巨額の金が動くとは思えないものばかりだった。

「たぶん、これです」

「宛て名の汚い字、見てわかるだろう」

「はい、間違いなく、沢村さんの字ですけど……」

「けど、何だ」

「スケールが小さすぎるような気がします」

この程度のものをとり返すために、堂林が躍起になるとは思えない。

「これで全部ではない」

「残りはどこに？」

「沢村がほかの人間に託した。そう記してあった一筆箋は処分した」

「託した相手は紺野綾香ですか」

「そこまではわからん。だが、うちにとっては、たとえ一部であっても、これがあるということが重要なんだ。もう、からくりが読めただろう」

ポカンとしている小林の前で、篠田が東都日報の競馬面をひらいた。左ページの全面がドゥーマ関連の広告になっている。

「まさか……」

「そうだ。ドゥーマがうちだけに大々的に広告を打って金を落としてくれるのは、こいつのおかげなんだ」

　と机に置かれた委任状を指先で叩いた。

「脅したんですか」

「ネタをつかんでいることを匂わせただけだ」

「同じことでしょう」

「堂林は、これがここにあることを知らない」

「だからぼくが襲われたんです」

「二十五人だ」

「は？」

「人事部の加藤《かとう》、知ってるな。彼が早期退職候補者のリストをつくってきた。わかりやすく言えば肩叩き、リストラ候補者のリストだ。二十五人の名前があった。レース部の、お前の上司も入っていた。家族を入れると百人ほどかな。それだけの人間の食い扶持《ぶち》を、沢村が確保してくれたようなものだ」

「うちはそんなに危ないんですか」

「ご多分に洩《う》れず、ネットに食われて、宅配と駅売りが大きく落ち込んでいる。そのぶんをネット版の広告費が埋めてくれるならいいんだが、お話にならない安さだ。そんなときに、この話が舞い込んできた。いいか、堂林の会社がどうなろうと、うちに入った広告費は、返さなくていい金だ。その金で従業員を食わせることができるなら、喜んでつかみに行くのが経営者というものだ」

「でも、このからくりが露顕したら、常務の立場がまずくなるのでは」

「私を舐《な》めてもらっちゃ困るな。私が堂林を脅迫したという証拠はどこにある？」

「ここです」

　と小林が委任状を指すと、篠田は大きく頷いた。

「そのとおりだ。しかし、知っているのは私とお前だけだ。堂林は、ここにある委任状が生み出す金の数百倍をうちに投じている。おそらく、自身が手を染めた詐欺や背任、収賄などの証拠になり得る大きなものも私が握っていると思っている」

「堂林はこれらの引きわたしを求めてこないのですか」

「できると思うか。私は犯罪者です、と自分から言うようなものだ」

「回収の見込みがないのに、うちに広告費を払いつづけているのはどうして……」

「ドゥーマとの契約はあと三カ月残っている。そのときに、きちんと精算しましょう、とやつには言ってある」

「精算というのは、これらをわたすということですか」

「言葉どおりだ。契約を更新するか、打ち切るか協議して、精算する。何かをわたすともわたさないとも言っていない」

「金を出して弱みを握られたままだと、堂林が黙っていないのでは」

「そのときはそのときだ」

と篠田は委任状を封筒に戻した。

「これらを警察に提出するわけにはいかないでしょうか」

「なぜ警察に」

小林は、河原に持ち出された司法取引について説明した。

篠田はしばらく黙って考えていた。

「やはり、まずいですか」

「何がだ？」

「いや、警察にわたると、常務に捜査の手が伸びるので」

「バカヤロー。私を舐めるなと言っただろう。今、お前と私が考えなくてはならないのは、沢村が何を望んでいたかだ。なぜ、これをお前ではなく私に送ってきたのか。そして、なぜ、残りの証拠をほかの人間に託したのか」

「記者として堂林を叩きたかったのなら、これだけの材料があればできたはずです。そうではなく、会社の意思そのものと言える常務に送ったのは、組織として、これを利用してほしいと思ったからじゃないですか」

だとしたら、篠田のしてきたことは、沢村の気持ちに添っていたと言える。

「残りをほかの人間に託したのは、別の目的があったからだろう」

「沢村さんは、何をしようとしていたんでしょう」

少し間を置いて篠田が言った。

「沢村はどうして死んだのか、ずっと考えてしまってな」

「ぼくもです」

「この封書が私に送られてきたのは去年の六月の終わりだった。沢村は函館でこれを投《とう》函《かん》した。私がもっと早く堂林にアプローチしていれば、沢村はあんなことにならなかったんじゃないか、と何度も考えた。私が沢村を殺したのかもしれない」

と篠田は声を震わせた。

「そんな……」

「自分の真似をする後輩というのは可愛いもんだ。その後輩を守ってやれなかった」

と篠田は委任状の入った封筒を金庫に戻し、つづけた。

「まだこれを警察にわたすわけにはいかない。最低でもあとひと月かふた月、堂林に頑張ってもらわないと、うちも共倒れになる」

「沢村さんの家族は大丈夫でしょうか」

「堂林が逮捕、起訴されるまでは何も表に出ることはないだろう。とにかく、もう少しだけ、私に時間をくれ」

「わかりました」

「お前が連絡をとり合っているキャリア刑事は信用できるのか」

「と、思います」

「そうか。ただ、公安の最優先事項は一市民の安全を守ることではない。それを忘れないようにしろ」

「はい」

「その顔じゃ仕事がしづらいだろうから、今日は休んで、警察病院で治療してもらえ」

篠田はそう言い、いつものように椅子を回して体を横に向けた。


警察病院の個室に二泊三日で入院し、検査と処置をした。やはり鼻梁《びりょう》の軟骨が曲がっていたので、鉄製の割箸のようなものでまっすぐに戻した。肋骨《ろっこつ》にもヒビが入っていたが、それは自然に治ると言われた。警察の人間を含め、誰も見舞いに来ず、治療費も不要だった。

東都日報の中面に、十五段、つまり、一ページの全面を使ったドゥーマの広告が掲載されている。前日は紙面下部に全五段の広告が載っていた。このペースで行けば、掲載料はすぐに億の単位になるだろう。

四日ぶりにトレセンに行き、診療所で顔見知りの獣医に声をかけた。

「馬の個体識別に使うマイクロチップについて、ちょっと教えてほしいんだ。予備知識として、一応これは読んできた」

と、サラブレッドの血統登録を行う「公益法人競走馬血統登録協会」のサイトの「馬用マイクロチップについてのお知らせ」というページをタブレットに表示させた。

「なら、説明しなくてもいいだろう。そこに出ているとおりだ」

と獣医は面倒くさそうに言った。

「このチップを馬の首に埋め込むのは、誰が、どこでやるんだ」

「生まれた牧場で、獣医がやるんだよ。地域によって時期は違うけど、当歳の六月下旬から七月上旬ぐらいの登録検査までに入れておけばいいんだ」

「埋め込むのは難しいのか」

「コツをつかむまでは苦労するな。たてがみの根元に靭帯《じんたい》が走っていて、その真裏に入れるんだ」

「どうやって」

「注射だと思ってもらえばいい。立ってないで座れよ」

もっと話してくれる気になったらしく、椅子を勧めてくれた。

「そのチップを抜き出して、ほかの馬のチップと入れ替えたりはできるかな」

「いやあ、無理だろう。ただ、チップが喪失することはしょっちゅうあるよ。体の奥深くまで沈んで行ったり、体外に排出されることもあるんじゃないかな」

「海外遠征に付き添った牧場の獣医が、自分の埋め込んだチップがなかなか読み取られないんで焦った、という話は聞いたことがある」

「きっと深くまで入ったんだろう。首にいくらリーダーをかざしても見つからないんで、全身くまなく探したら、脚で反応したという例もある。あと、物理的に破損して、リーダーに反応しなくなることもあると思う」

「例えば、手のひらでパンと叩くぐらいの衝撃でも壊れるのか」

「ああ。それに、馬はグルーミングをするだろう。あれでもよく壊れるな」

グルーミングとは、馬同士で親愛の証《あかし》として互いの首を軽く嚙み合うことだ。

「で、リーダーっていうのは、バーコードを読み取る虫メガネみたいな形のやつか」

「うん、これだよ、ほら」

と獣医は、プラスチック製の、手のひらぐらいの大きさのリーダーを持たせてくれた。

「ここにピッと十五桁の個体識別番号が表示されるわけか」

「そう。最初の『392』は日本の国番号で、次の『11』は馬の動物番号なんだ。牧場の厩舎のボードなんかに番号が書かれていることもある。犬用や猫用のチップも普及しているんだけど、馬用のとほとんど同じだな」

「チップは、生産牧場の人が自分で買うのか」

「ああ、チップ自体は二五〇〇円とか、そのくらいだ。獣医に埋めてもらう手間賃込みで五〇〇〇円弱だと思う。別に、去年買ったやつを今年入れてもいいんだ。数が多くなるとそれなりの額になるから、登録協会の助成金制度もあるんだけど、そのへんは生産者や開業獣医のほうが詳しいだろう」

この診療所にいる獣医は、みな彼を含めて開業獣医ではなく、ＪＲＡの職員だ。

「さっき話に出た血統登録ってのは、どんなことをするんだ？」

「登録協会の人間が牧場に来て、実馬を見て、流星なんかの白徴《はくちょう》だとか旋毛だとか、個体を識別するための特徴を記録して、たてがみを持っていく。たてがみは、ＤＮＡ鑑定に使う毛根を採取するためだ。で、リーダーでチップの番号を読み取り、『個体確認書』をつくって、それを貼り付けた『馬の健康手帳』が出来上がる。その前にいろいろな書類のやりとりなどもあるんだが、ざっと説明すると、こんなところだ」

「馬の健康手帳って、何だか可愛いな」

「これだよ。個体確認書も、二〇一四年以降はこうして馬の全身の図が入って、どこにどんな白徴があるのかわかるようになっている」

「そうか。実は今、馬の個体のすり替えについて調べているんだ。これだけハイテク化された現代でも、それが可能かどうか。でも、聞いた感じでは、無理そうだな」

「ああ、チップの入れ替えは技術的に不可能だし、旋毛や白徴などの照合だとか、今はDNA鑑定もあって、何重にもチェックされるから、すり替えはあり得ないな」

「なるほど。よくわかった。わかったついでに、もうひとついいか」

「何ちゅう理屈だよ。いいけど、じゃあ、その前に十五分仕事をさせてくれ」

と奥の部屋に引っ込んだ獣医は、五分ほどで戻ってきた。

「仕事はもう大丈夫なのか」

「大丈夫にしたんだよ」

と缶コーヒーをくれた。

「すまんな。で、追加で教えてほしいことというのは、馬の双子のことなんだ」

「双子か。たぶん、受胎確認に携わっていない人がイメージするより、ずっと多いと思うよ。一〇パーセントぐらいは双子かもしれない」

「そんなに？」

「ただ、二頭ともまともに生まれてくるケースは少ない。どちらか、あるいは両方の肉体に欠陥があったり、五体満足でもあまり能力が高くないのがほとんどだな。母胎には一頭ぶんのスペースしかないし、栄養を二頭でとり合うのもよくないんだろう。だから、双子だってわかった時点で、どちらかを潰すのが普通だ」

「潰す？」

「ああ、言葉どおり、押しつぶす。種付けから二週間経ったら、エコーで妊娠鑑定をするので、そのときにやる」

「エコーは、人間の検査と同じように、外からあてるのか」

「そうじゃなく、エコーを持った手を母馬の直腸に挿し入れて、モニターに胎内の様子を映し出すんだ。そこに受精卵が二つ映っていたら、小さいほうを潰すことが多いな。プローブというエコーの先で、直腸と子宮の壁を通じて、ぷちっとやるんだ」

「触ってわかるほどの大きさなのか」

「うん、獣医によっては手で潰すこともある。妊娠鑑定の時点で一〇ミリから一五ミリぐらいにはなっている」

「そうして双子の片方を潰したことは、カルテに記録として残すものなのか」

「人によると思うけど、普通は残すだろうな。獣医師法で、診察した場合はカルテに症状などを書いて一定期間残さなきゃならないことになっているんだ」

「二頭とも生かしておく場合は？」

「実例がほとんどないから何とも言えないな。仮に種付料が受胎したかどうかで変わってくる条件だったとしても、双子だったら倍請求されるわけではないだろうし」

　肝心なことを訊くのを忘れていた。

「やっぱり、馬の双子も、そっくりに生まれてくるのか」

「いや、馬の双子というのは二卵性だから、そうとは言い切れない。むしろ、まるで似てないケースのほうが多いだろう」

診療所を出て、考えた。

サラブレッドの人工授精は国際的に禁じられている。自然交配で生まれたサラブレッドしか登録することを認められないのだ。十七世紀の終わりからつづく伝統、英国の貴族のスポーツとして発展してきた格式などを守っていくためだろう。

ところが、双子だった場合は片方を殺してしまうという、人為的な処置は認められている。

サラブレッドは、人間の思惑によって血がつながれる特殊な動物なので、こうした矛盾は競馬のシステムの随所に見られる。

同じ馬でも、ばんえい競馬などに出る重輓馬《じゅうばんば》や乗馬、農耕馬など、サラブレッドではない馬の人工授精は認められている。

人工授精なら、種付所に繁殖牝馬を連れて行って交配させるより衛生的だし、どちらかが蹴られるなどの事故もなくなる。種牡馬は一回の射精で何頭もの牝馬に配合できるので、体力的に楽になるし、受胎率も上がり、コストを劇的に縮小できる。サラブレッドでこれが認められれば、シャトルとして南半球に種牡馬を送り込むといった大がかりなことをしなくても済むわけだ。北半球の優れた血を効率よく導入したいと考えているためか、オーストラリアでは、生産者業界が法廷に訴えたこともある。

自然交配をよしとする側は、人工授精を導入すると、故意やミスによる親仔のとり違えが起きる恐れがあるし、特定の種牡馬に人気が集中し、近親交配による弊害が大きくなる、と主張する。

どちらも、人間が自分たちの都合を述べているだけだ。

人間の思惑によって交配を重ねてきたサラブレッドは、速く走るためだけに淘汰された血を持つ、特別な生き物になった。ほかのどの動物にもない卓越した走力を身につけ、疾走する姿で人々を熱狂させ、巨大な産業の主役となっている。形としては人間に飼育されていても、実際は彼らが多くの人間たちを食わせている。だからこそ、人間が毎日体を洗ってやったり、寝藁を交換したりという献身的な作業をする。

誰もが、馬は好き好んで走っているわけではないことを知りながら、風を切るその美しい姿を見ることを熱望する。

そこにまた物語や感動が生まれ、それが生きる力にもなる。

だから、競馬は、世界中で行われるようになった。

成り立ちやシステムに多くの矛盾を孕《はら》みながらも、「キングオブスポーツ」として愛されつづけている。

小林も、自身のコラムで人工授精の是非について書いたことはあったが、どちらが正解なのか、いや、そもそも正解と言えるやり方があるのかも、わからずにいる。

4

小林を襲った三人が逮捕されてから一週間が経った。下っぱの実行犯の身柄を押さえたぐらいでは堂林の尻尾をつかむ決定打にはならないだろうし、そもそも、あの三人が簡単に口を割るとは思えない。

何もできずにいることがもどかしい。篠田が持っている証拠は、やはり警察に提出すべきではないのか。

そんなことを考えながら、ジェメロの連載コラムを書き出したとき、ふと思った。

ジェメロの名義が宇佐見に変わったことで、自分は、堂林とジェメロを切り離して考えるようになっていた。

だが、すり替えが事実だとしたら、堂林が関わっている可能性もあると見るべきではないか。

二頭の馬を一頭の名前で走らせることのメリットはいくつも考えられる。

二頭の実力差が大きければ、下級条件のレースに強いほうを出して、楽に賞金を稼ぐことができる。単勝人気は低くなるだろうから、馬券で大儲けすることも可能だ。また、強いほうが本命になったレースに弱いほうを替え玉として走らせれば、不自然さを感じさせずに負けさせることができる。こちらも八百長につながる。

引退後は、強いほうを弱いほうの名前で種牡馬にし、ただ同然の種付料で、将来クラシックを狙える仔馬を生産することもできる。

しかし、そうしたことができないよう、管理する側は、旋毛や白徴など昔ながらのチェック法に加え、マイクロチップで個体識別を行い、DNA鑑定の検体も採取している。

また、競走馬の世話をする担当者はほとんどの厩舎で固定されており、そうした担当者と番記者は日常的に接触している。馬がすり替えられて、体つきや状態が急変したら、すぐに気がつく。要は、多くの「目」が不正の抑止力になっているのだ。

――いや、待てよ。

それはあくまで普通の厩舎の話であって、原厩舎のようにマスコミをシャットアウトしていれば、カーテンの向こう側で何をしても大丈夫かもしれない。

ジェメロのオーナーが変わったというのは表面上のことで、今も実質的なオーナーは堂林だという可能性もある。預託料や諸経費を払いつづける代わりに、ローテーションや起用する騎手の決定権などを持ちつづけているのかもしれない。しかし、だとしたら、何のためにわざわざ名義を変更したのだろうか。これまで同様、故障させて保険金を得ようと考えているのか。

小林は、もう一度、すり替えのメリットを頭のなかで整理した。

仮にジェメロが二頭いたとする。二頭とも泣かず飛ばずのままだったとしたら、すり替えをするメリットはほとんどない。

どちらかが強く、もう片方が弱い場合も、弱いほうが演じることのできる役柄が限られているため、メリットもそれほどでもない。

では、二頭とも強い場合はどうか。これはメリットだらけだ。ただでさえ強いのに、ゆったりしたローテーションで、調子のいいほうを選んで使っていけば、最強馬をつくるのもそう難しくない。左右の回りによる得手不得手や、距離適性、重馬場適性などが違えば、なおのこと使い分けするメリットが出てくる。

さらに、これら二頭が双子なら、種牡馬になってそれぞれ子孫を残しても、父と母が同じなのだから、世界のサラブレッドの系図を乱すこともない。

単純に、面白そうだ。考えているうちに、自分もやれるものならやってみたいという気にもなってくる。

皐月賞出走を控えたジェメロの放牧先は、故郷の宇佐見牧場だった。そこでリフレッシュしてから、近くの共同育成場の厩舎に入って乗り込まれている。普通、レースの合間の短期放牧は、関東馬なら千葉か福島、あるいは宮城の外厩に出されることが多いのだが、宇佐見の希望でそうなったという。あの血族に対する宇佐見の思い入れの強さは、小林もよく知っている。しかし、本当に馬のことだけを考えているなら、輸送時間を短くして心身の負担を軽減させてやろうとするのではないか。

確かに不自然だ。

もし美紗が言うように、二頭をすり替えようとするなら、人目につかないようわざわざ遠い宇佐見牧場に戻すことは十分あり得る。

美紗の説に従うと、新馬戦で大敗したジェメロが「本物」で、原厩舎に転厩して未勝利、条件戦、弥生賞を勝ったジェメロは「偽物」ということになる。

だとしたら、本物のジェメロはどこにいるのだろう。偽物のジェメロもサラブレッドとしてこの世に生まれたからには血統登録されているはずだ。ジェメロを名乗る前は、ほかの馬名をつけられていたのか、あるいは、血統名のままどこかで育てられていたのだろうか。いずれにしても、あれほど能力の高い馬なのだから、育成馬時代から評判になっていたはずだ。

宇佐見牧場で生まれた馬はみな、一歳の秋ごろから、今、皐月賞に向けて乗り込まれている門別共同育成場で競走馬になるための準備を始める。

収穫があるかどうかはわからないが、ともかく、ジェメロとその周辺を調べるため、日高を訪ねることにした。

原厩舎のスポークスマンである調教助手の谷岡によると、ジェメロは、皐月賞の二週前の月曜日に帰厩する予定だという。

だとすると、遅くとも四月最初の日曜日の夕刻には、ジェメロとして皐月賞に出る馬は宇佐見牧場から馬運車に乗っているはずだ。

それまでに確かめなければならない。

ジェメロの連載の追加取材ということでデスクの了承を得て、北海道に入った。

レンタカーで門別共同育成場を訪ね、室内には誰もいない事務所の前に立っていると、シルバーのアウディＡ６が土煙を上げながら敷地に入ってきて、急ブレーキをかけた。

降りてきたのはスーツ姿の体格のいい三十代とおぼしき男だった。

「遅くなってすいません」

とガラガラ声で言われるまで、アポをとっていた、代表の大島《おおしま》だと気づかなかった。

「いえ、こちらこそ、急に押しかけてしまって」

「ジェメロの取材ですよね。乗っていた人間を紹介します。今も調教中かな。ぼくはこれから農協の会合があるんで、彼を紹介したら失礼します」

弾丸のように話しながら早足で前を歩く。

「日高の生産者はみなさん、飛ばしますよね」

「何をですか？」

「クルマの運転です」

「ああ、そうですかね。自分ではそう思わないけど、ほら」

　と駐車場に並んでいる二台の軽自動車を指さし、つづけた。

「従業員のクルマなんですけど、二台とも前がへこんでいるでしょう。どっちも鹿に当たったんです。スピードを出さなくたって当たっていたと思いますよ。馬をやってる人間が鹿に当たる。まさに馬鹿でしょう。ハハハ。うん、鹿もなかなか美味いですよ。昔はあれを保護しようと騒いでいたんだから、人間って面白いですよね。ぼくも人間だけど。いました。芦毛に乗っている若いのがそうです」

　相槌《あいづち》を打つのをやめてもペラペラとしゃべりつづける。付き合い方をマスターすれば、一緒にいてもそれほど疲れなくなるのか。

「わかりました。あの人が厩舎に戻ったら声をかけてみます」

「ジェメロは、うちに来たばかりのころからいい馬でしたよ。何ていうか、普通にいい馬だったなあ。ひどい怪我をしたり、人を蹴ったり噛んだり悪いことをする馬のほうが印象に残るんだけど、そういう意味では目立たなかった。って、話をすると思いますよ。あいつ。似てないでしょう。ぼくの弟なんです。では、これで失礼」

　と去って行く大島と、馬上の弟は、顔も体型もまったく似ていない。ありがたいことに、性格も似ていなかった。

「一昨年《おととし》、ジェメロが宇佐見牧場からここに来たときのことは覚えていますか」

厩舎内にある事務所のテーブルで向かい合って小林が訊くと、大島の弟は冷蔵庫から出した缶コーヒーのひとつを小林に差し出して頷いた。

「九月の最初の日曜日かな。中央場所の開幕週でした」

「そのときの印象は？」

「いい馬でしたよ。皮膚も筋肉もやわらかくて。顔も、頭もよかった」

「騎乗馴致はスムーズに？」

「はい。人に触られるのを嫌がらないので、楽でした」

背中に乗りはじめてからどう変わったかなど、育成馬時代の話をひととおり訊き出してから、現在のジェメロの話に移った。弥生賞のあと、ここに来てからも大島の弟が乗っているという。

「育成馬時代と感じは変わりましたか」

「そりゃあ変わりましたよ。体に芯が通って、しっかりした」

「性格は？」

「やっぱり、競馬をすると、きつくなりますね」

「別の馬みたいになったな、と感じたりは？」

「いやあ、そこまでじゃないです」

嘘をついているようでもないし、小林の質問に警戒心を抱いた様子もない。

仮にジェメロが二頭いたとしても、大島の弟は一頭にしか乗っていないのか。

「宇佐見牧場から、ジェメロと同い年のほかの馬は来たんですか」

「いたと思います」

と、棚からタブレットをとり出し、専用の管理アプリのようなものをひらいた。それを小林のほうに向け、つづけた。

「一頭いました。フラテッロという馬です」

「その馬にも大島さんが乗ったのですか」

「いや、これは牧場内の別の厩舎にいたんです」

フラテッロ。少し前、馬名登録のデータベースで宇佐見牧場の生産馬を検索したときには見なかった名だ。

スマホで意味を調べた。

かすかな戦慄を覚えた。

「大島さん、フラテッロという馬名の意味は知ってました？」

「いや、どんな意味だろう」

「イタリア語で『兄弟』です」

「へえ、ジェメロは『双子』ですよね。宇佐見さん、そういうのが好きなのかな」

「宇佐見さんとは親しいのですか」

「知ってはいますが、挨拶程度です。渉外は兄が一手にやっているので」

「フラテッロは今どこに？」

「ちょっと待ってください」

と大島の弟はタブレットをスワイプして、つづけた。

「昨日、ここを退厩しました」

「ということは、トレセンに向かったんですね」

「どうかな、まだ宇佐見さんのところにいるかもしれません。宇佐見さんは、放牧の行き帰りに、必ず自分の牧場を経由させるんです」

宇佐見牧場を訪ねる目的がひとつ増えた。

帰り際、ジェメロの馬房に案内してもらった。

小林と大島の弟が前に立つと、ジェメロが顔を突き出した。さっきまで食べていたらしき青草の切れ端を顎の下につけ、静かな目でこちらを見つめる。

「いつ見てもいい馬だ」

と小林が言うと、

「そうでしょう」

と大島の弟は嬉しそうにジェメロの鼻面を撫で、青草の切れ端を払い落とした。

「こいつが皐月賞を勝ったら、この育成場も忙しくなりますね」

「はい、うちで育成してGIを勝った馬はまだいないんで、緊張します」

「不思議な魅力のある馬だ」

　と言いながら、左前脚に手術痕があるか覗き込んだ。小さな盛り上がりがある。それが手術痕でなかったとしても、今、体温が伝わってくるほど近くに立ち、鼻先を寄せてくるこの馬は、新馬戦のパドックで他馬を圧していた、あのジェメロに間違いないと思った。

「次に休養するときもうちに来ると思うんで、また取材に来てください」

「ええ、お邪魔じゃなければ」

「ジェメロの話をするのは楽しいです」

　と大島の弟は笑顔を見せた。

　小林は、門別共同育成場を出て、国道沿いのレストランで昼食を済ませてから宇佐見牧場を訪ねた。

「ジェメロの連載、拝読しています」

　事務所から出てきた宇佐見は、他意のなさそうな笑顔でそう言った。

「お恥ずかしい。さまざまな顔を見せるあの馬の本当の姿を、ぼくに書き切れるかどうかわかりませんが、これからもよろしくお願いします」

もし、もう一頭のジェメロを隠しているなら皮肉に聞こえただろうが、表情に変化はなかった。

「もうすぐ出産しそうな繁殖牝馬が一頭いるんです。妻と交互に寝ずの番なので、今日は何もお構いできず、申し訳ない」

ジェメロが二頭いる可能性について、宇佐見に疑問を直接ぶつけてもいいのだが、二頭いるとしたら本当のことを言うわけがないし、一頭しかいないのなら、こちらがどうかしていると思われる。

「さっき共同育成場に行ってきたのですが、あそこに育成に出していたフラテッロという馬は、ここにいるのですか」

「ええ、いますよ」

と答える口調に、訝《いぶか》るふしはない。

「見せてもらえますか」

「残念ながら、お産の時期は検疫上の問題で、牧場関係者以外の人は、厩舎への立ち入りを禁止にしているんです」

「イヤリングや休養馬の厩舎もですか」

「はい、気にせずオープンにしている牧場もありますが、うちは、たとえ馬主さんでも、この時期は遠慮してもらっています」

「それなら仕方がないですね」

「入厩したら二、三週間でデビューできるところまで仕上がっていますから、そのうち見られますよ」

慌てて隠そうとしているのではなく、あくまでもルール厳守の姿勢を押し通すのみという口調であり、表情だった。

弥生賞まで連勝街道を突き進んだころの印象など、立ち話で取材を終え、ホテルにチェックインした。

この機会にネイビーファームの紺野綾香にも会いたいところだが、個人の連絡先を知らなかった。牧場の代表番号に電話して呼び出すのは、噂になった相手と同じ会社の人間としては気が引ける。

こういうとき頼りになるのは、「月刊うま便り」編集長の浜口だ。

しかし、浜口の携帯を呼び出しても応答がない。

留守電に「ジェメロの追加取材で門別に来ています」とだけ入れて、切った。

浜口は毎月、「月刊うま便り」に掲載する写真をＪＲＡフォトサービスで借りがてら、スポンサー回りをするため、数日間東京に滞在している。今は北海道にいないのかもしれない。

ホテルから歩いて行ける大衆割烹《かっぽう》で、カスベの煮つけとザンギをおかずに、焼きおにぎりを頬張った。カスベはエイ、ザンギは鶏《とり》のから揚げの北海道弁だ。新鮮な刺身の盛り合わせなどもいいが、ポテトサラダやカボチャの素揚げなど、全国どこでも食べられるものが、素材の違いでメチャメチャ美味い。これぞ北海道ならではの味だと思う。

カウンターに腰掛けた小林の後ろから、「今年はメンタばっかだべさ」という声が聞こえてきた。メンタは牝馬、オンタは牡馬という意味の、北海道弁というか、生産者用語だ。

牡馬のほうが牝馬より高く売れるので、小さな牧場では、どちらが生まれるかが死活問題になる。まもなく生まれるという宇佐見牧場の仔馬はどちらだろうか。

店を出て少し歩いてから、ブルゾンを隣の椅子に忘れてきたことに気がついた。戻りかけると、バイトの女の子が走ってきてわたしてくれた。三月の北海道はまだ冬なのだが、今夜は風も弱く、震えるほどではない。

——ちょっと行ってみるか。

本当に宇佐見牧場ですり替えが行われているとしたら、ジェメロとフラテッロの二頭が近くにいる今しか、そのタイミングはない。

小林は、レンタカーを宇佐見牧場へと走らせた。

夜八時を回ったところだった。

牧場事務所から灯りが漏れている。海側を背に、入口を通り越して直進すると、道はなだらかに上りながら右にカーブする。さらに進むと坂もカーブもきつくなり、隣の牧場の坂路コースの頂上が見えてくる。

そこから宇佐見牧場の厩舎を側面から見下ろせる。

路肩にクルマを停めた。ドアをロックすると、大きな電子音がすると同時にハザードが点滅して目立つので、鍵をあけたままにしておいた。

雑木林になっている傾斜地を降りた。ほとんどの木々の葉が落ちており、所々に雪が残っている。足元がおぼつかないので、スマホのカメラのライトを懐中電灯の代わりにした。この程度の小さい灯りなら宇佐見牧場から見えないはずだ。静かだった。枯れ葉や枯れ枝を踏みしめる音が響く。不意に、道路脇に立っていた「動物注意」の標識に、鹿やキツネのほかか、熊のイラストがあったことを思い出した。北海道の熊はすべて凶暴なヒグマだ。木々の間には、大きなヒグマでも十分通り抜けられるスペースがある。熊よけの鈴の代わりに歌でも歌いたいところだが、もし厩舎に誰かいたら聞こえてしまう。

摺《す》り足で、ゆっくりと、慎重に斜面を下って厩舎を目指した。

足を滑らせ、慌てて左手で白樺《しらかば》の幹を支えにしたら、ミシッと、思いのほか大きな音がした。

少しの間、幹に手をつけたままの姿勢でじっとして耳を澄ました。自分の鼓動と、少し乱れた自分の呼吸音が聞こえるだけだ。

また厩舎へとジグザグに斜面を降りた。

この斜面と雑木林が天然の塀となっているため、こちら側に柵はない。どこからが宇佐見牧場の土地なのかわからないが、もう厩舎まで二〇メートルもない。

馬がブルルッと鼻を鳴らす音が聞こえてきた。

寝ずの番と言っていたが、宇佐見は厩舎にいるのではなく、暗視カメラで映した牝馬の様子を事務所で見ているのだろう。

だいぶ闇に目が慣れてきた。スマホのライトを消した。

怖《お》じ気《け》づいたわけではないのだが、宇佐見が「検疫上の問題」と言っていたことが気になった。今、自分が厩舎に入って雑菌を運び込むことにより、出産を終えたばかりの母仔の健康に悪影響を及ぼしたら、とり返しのつかないことになる。馬と競馬を愛する人間がすべきことではない。いや、してはならないことだ。

フラテッロがジェメロに似た馬かどうかは、宇佐見が話していたとおり、トレセンの厩舎に移ればすぐに確かめられる。

今、あえて厩舎に入る必要はないのではないか。

そう考えて立ち止まっていると、二匹のキタキツネが太い尻尾を水平になびかせ、向かって左手の厩舎に入り、通路を抜けて右の出入口から走り去った。

右手の、事務所に近いほうの厩舎は、小動物も入ることができないよう、出入口を塞いである。そちらが繁殖牝馬の厩舎だろう。

そして、キタキツネが通り抜けたほうは、イヤリングと休養馬の厩舎か。フラテッロがいるとしたらこちらのはずだ。

感染症を媒介することで知られる野生のキタキツネが出入りしているのなら、外部の人間が入っても問題はないのではないか。

フラテッロを見るなら、ジェメロと同じ空間で過ごした高揚感が残っている今のほうがいいような気がしてきた。

――よし、行くか。

傾斜地を下り切り、林の切れ目に立った。

そのときだった。

左側の厩舎から大きな音がした。

目を凝らすと、横に並んだ馬房の窓のひとつから、一頭の馬が顔を出した。

月影が、ひと筆で描いたような細い流星を浮き上がらせている。こちらを見つめる目の光は強い。しかし、そっと首をかしげる仕草は、ほんの小さな動きではあるが、皮膚と筋肉のやわらかさが手のひらに伝わってくるかのようだ。

小林は息を呑《の》んだ。

明るいところで全身を見るまでもなく、素晴らしい馬であることがわかった。

――こいつがフラテッロか。

確かにジェメロに似ている。

歩かせたり、走らせたりすると、おそらく見分けがつかなくなるだろう。

ただ、佇《たたず》まいというか、伝わってくる凄味《すごみ》のようなものは、午前中に共同育成場で見たジェメロとは少し違っているような気がした。

――これで十分だ。

と雑木林を戻りかけたとき、イヤリングの厩舎に灯りがついた。

その光が届かない木の陰に身を隠した。

フラテッロが顔を引っ込めた。

その窓から、馬房の向こう側の通路が見える。

人が歩いてきた。黒縁のメガネ。獣医の阿部だ。

阿部は、大きな虫メガネのような形をしたマイクロチップのリーダーをフラテッロの首に当てた。少し経つと、今度は放射能を測定する機器にもドライヤーにも見える、白い器具をフラテッロの首に押しつけた。またマイクロチップのリーダーをかざして頷くと、首の反対側に回り込み、注射を打った。そして、そこにもリーダーをかざし、たてがみを抜きとった。

すぐに電気が消え、足音が遠ざかった。

阿部が来てから去って行くまで三分もなかった。

手際のいい作業に見入ってしまい、写真を撮るのを忘れていた。

小林は、しばらく立ち木に背を預け、枯れ枝の上にひろがる夜空を眺めた。

南の空に仲よく並んでいるのが双子座のポルックスとカストルだろうか。

阿部は、今、マイクロチップの入れ替えを行っていたように見えた。いや、入れ替えをしていたとしか思えない。

——どういうことなんだ。

傾斜地をクルマのほうへと戻った。

さっきはいそうな気がしていたヒグマのことなどどうでもよくなった。

足元を見つめ、クルマを停めた路肩を目指した。気温は零度近くまで下がっているはずだが、うっすらと汗ばんできた。もう少しで頂上だ。

——本当にジェメロは二頭いたのか？

息が切れた。足が重い。雑木林を抜けて路肩に立った。

そっとクルマのドアをあけて運転席に座ると、後部座席に人の気配がした。

「収穫はありましたか」

と男の声がして、ギクリとした。

バックミラーに男の顔が映った。

「う、宇佐見さん」

「寒いので、ここで待たせてもらいました」

と宇佐見は身じろぎもせずに言った。

互いに何も言わず、重苦しい沈黙がつづいた。

そのとき、ライトを遠目にしたクルマがゆっくりと近づいてきた。

大型のＳＵＶだ。降りてきた男も大きかった。夜なのにサングラスをしている。

「月刊うま便り」の浜口だ。

浜口は、小林のレンタカーの運転席のドアをあけ、

「おっ、コバちゃん、山菜とりはまだ早いんでないかい？」

と、サングラスを外した。

「そ、そうですね」

「あら、宇佐見さんもそったら薄着で何してんの。さっき、事務所の前で、奥さんがおっかねえ顔して立ってたべさ」

宇佐見は何も言わずにクルマを降りた。少し経つと、どこに隠していたのか、見覚えのあるアコードが坂を降りて行った。

ホテルに戻り、浜口と一緒にロビーのソファで缶コーヒーを飲んだ。人心地がつくと、急に寒けがしてきた。

「浜口さん、たまたまあそこを通りがかったんですか」

「んなわけねえべ。留守電ば聞いて、宇佐見牧場に行くのかと思って様子ば見に行ったら、あったらとこに『わ』ナンバーのレンタカーが停まってるからよ。こりゃコバちゃんが忍び込んで何かする気だなって」

「すみませんでした」

「なんもなんも。でも、危なかったな」

「そうですかね。宇佐見さんは暴力を振るうタイプじゃないでしょう」

「アコードの助手席にライフル積んでたぞ」

「え？」

「問題は、宇佐見が、コバちゃんが来るってわかってたかどうかだな。生産者には猟銃の所持許可書を持ってるのがたまにいるんだ。撃たれても、暗くて熊と間違えたと言われたら、どうにもなんねえべ」

そう言われると、本当に危なかったという気がしてきた。

「浜口さん、うちの沢村とは、いや、沢村さんとは親しかったんですか」

「ああ、実は古い付き合いでな」

とタバコに火をつけ、つづけた。

「いくつかペンネームば使って、うちの雑誌だけでも毎月二〇万円ぐらいの原稿料ば払ってたべさ。それだけじゃなく、軽種馬協会のサイトの仕事や、いくつかの競馬雑誌にも書いたりして、給料のほかに月に一〇〇万円は稼いでたはずだぞ。それでも息子さんの治療費にはぜんぜん足りなかったんだってよ」

投げやりに見えた態度の陰にそんな苦労があったことを初めて知った。

「紺野綾香のこともよく知っているんじゃないですか」

「ああ、おれが大阪の広告代理店にいたころ、事務のバイトだったんだ」

「じゃあ、浜口さんが業界に引っ張ったんですか」

「いや、ほれ、クライアントに出す企画書に、商品の使い方の写真とか載せるべさ。そういうのに何回か写ってるうちに評判になって、タレントになったんだ」

「沢村さんとの関係は……」

小林が訊くと浜口はほかに誰もいないロビーを見回し、顔を近づけて声をひそめた。

「今でも一心同体だと思え」

「は、はあ」

「堂林の尻尾はつかめそうか」

「ぼくが追いかけていたこと、知ってたんですね」

「当たり前よ。沢村さんから聞いた」

「沢村さんが、紺野綾香さんを通じて送ってくれた資料以上のことはなかなかつかめずにいます。ただ、頻繁に会っている裏社会の連中はほぼ把握しました」

と、スマホでクラウドにアクセスし、二人の暴力団幹部と堂林が写っている写真を浜口に見せた。

「あれ？　この男、どっかで見たな」

と浜口は自分のタブレットをテーブルに置き、次々と写真を表示させて唸っていた。

「あ、これだ」

と見せられたのは、セリ会場の写真だった。男の横にはジェメロの新馬戦に乗った木田正平がいる。

「こいつはK組の幹部です。組事務所がドゥーマ本社と同じビルに入っています」

小林は、先日、この幹部と堂林が、松濤《しょうとう》の民家を改造したレストランで会っているところを撮影した。

「ん？　今気づいたんだけど、これ、堂林でないかい」

と浜口が拡大したのは、確かに堂林だ。横に派手なファッションの女がいる。小林がウィークリーマンションで張っていたときに、このセリに来ていたのか。

浜口がつづけた。

「もうひとりのは、こいつでないかい」

それは札幌競馬場の検量室前の写真だった。

「そうです。この男はH会の先代会長の二号の息子で、フロント企業の役員をやっている、いわゆる経済ヤクザです」

「しゃべってる相手は、前にアヤちゃんも所属してた芸能プロダクションの社長だ。馬主もやってるから、知ってるだろう?」

「アヤちゃんって、紺野綾香さんですか」

「おう」

その写真データをファイル便で送ってもらい、クラウドにアップロードした。

「この二人なら、警察が別件でいくらでも引っ張れます。叩いているうちに、堂林がやろうとしていることが見えてくるかもしれない」

「あとは、コバちゃんが何を望むかだ」

「どういうことですか?」

「沢村さんには金という明確な目的があった。コバちゃんは、堂林の首根っこをつかまえて、何を得ようとしてるんだ?」

少しの間考えて、答えた。

「今は、首根っこをつかまえること自体が目的、という感じになっています」

「書くためじゃないのか」

「記者として恥ずかしいんですけど、書くべきかどうか、途中からあまり考えなくなってしまいました」

　小林は、堂林の所有馬に深刻な故障が頻発して調べ出してから、ここに至るまでに何が起きたかを話した。

　競馬場や会社の近くで監視されているような感覚。地下鉄駅のエスカレーターで転ばされたこと。バーチャルな世界で「もうひとりの小林真吾」が登場したこと。札幌でAMGに轢かれかけたこと。沢村が残したメモ。東都日報に掲載されたドゥーマの広告と篠田常務。ワンボックスカーに乗せられ襲われたこと。これまでにつかんだ堂林の人間関係。警察との接触。そして、ジェメロがすり替えられた可能性。

「全部がつながっているかもしれないし、バラバラに起きたことかもしれません」

「コバちゃんは、堂林と宇佐見が今もつながってるような気がするから、今日もあんなことしたんだべ？」

「ええ、ジェメロを介して、何らかの利害関係があるような気がして」

「どうだべか。宇佐見はいけすかねえ野郎だけど、堂林みたいな悪党ではないと思うんだよなあ。セリのときの馬の曳き方ば見ただけで、普段から手をかけて、丁寧な仕事をしてることがわかるのよ。楽して儲けようと考える連中は、あんなふうには馬を触れねえと思うんだ」

「それに、宇佐見さんは、堂林みたいに知性を感じさせない人間を下に見るところがありますよね」

「けど、堂林もバカじゃない。馬主ってのは、相手が自分に敬意ば抱いているかどうかには敏感だから、あの二人は水と油かもしれねえべさ」

そのとき、小林のスマホが鳴った。公安の河原からだった。警視庁と千葉県警、茨城県警以外の管轄では小林に身辺警護がつかないという事後報告だった。

電話を切って、浜口に言った。

「紺野綾香さんの連絡先、教えてもらえますか」

「そうだ、アヤちゃんから教えといてくれって言われてたんだ。でも、今月一杯か、来月なかごろまでは会えないって言ってたわ」

「どうしてですか」

「旦那の具合が悪いんだってよ」

「沢村さんと一心同体なのに、夫の体調が悪いから動けないというのは、どうも解せないんですけど」

「そのへんはアヤちゃん本人に訊け」

と浜口はサングラスをかけ、立ち上がった。

ジェメロは皐月賞の二週前の月曜日、美浦トレセンに帰厩した。

皐月賞までに五本追い切ることができるのだが、体はほぼ出来上がっているように見えた。トレセンに戻ると競馬が近いとわかっているからか、育成場で見たときよりテンションが高い。馬道で乗り運動をしているとき、急に尻っ跳ねをしたり、後ろ脚で立ち上がったりしている。

ジェメロの背中に乗っている梅原と目が合った。梅原は、ジェメロが悪さをしようとすると小さく苦笑し、「こらっ」と肩を鞭で叩いた。彼とは、先日の監禁事件以降、互いに会釈ぐらいはするようになっていた。

ジェメロがすぐ前を通りすぎた。

今ここにいるのはどちらのジェメロなのだろう。門別共同育成場で大島代表の弟と一緒に見たジェメロか。それとも、宇佐見牧場の厩舎にいたフラテッロがジェメロになりすましたほうか。いや、ジェメロが二頭いるということ自体、あり得ない妄想なのか。

美紗が言っていたように、白目の位置を確かめようとしたが、初めて見たときも、この数戦も、そして今も、変わっていないように見えた。

ついこの間、門別共同育成場と宇佐見牧場の厩舎で見てきた馬たちが、夢のなかで出会った生き物であるかのように思われてきた。

厩舎の前に立つ、調教師の原がこちらを見ていた。

軽く頭を下げ、口のなかで「おはようございます」と言ったら、少し笑って頷いたように見えた。驚いた。共同会見のとき以外は、報道陣とまったく言葉を交わさない原が、もし本当に挨拶を返したのだとしたら、奇跡に近い。そのネタだけで、東西の記者クラブは大騒ぎになるだろう。

ジェメロは順調に調教メニューをこなし、日を追うごとに、少しずつ落ちつきをとり戻してきた。

胸前とトモの筋肉がはち切れそうなほど盛り上がり、ワックスをかけたかのように毛艶がいい。

主戦騎手のプラティニを背にした本追い切りの動きも申し分なかった。

皐月賞は、ジェメロと、昨年の二歳王者で、前走のスプリングステークスを圧勝した、原厩舎の僚馬ソクラテスの二強の争いと目されていた。

「ジェメロとソクラテスが同じ年に生まれたことを残念に思います」

共同会見で原がそうコメントしたので、余計に二強ムードに拍車がかかった。

競馬にロマンや物語を求めるファンはジェメロを応援し、スポーツとしてクールにとらえているファンはソクラテスを支持した。

ネットの世界の「もうひとりの小林真吾」はソクラテス派だった。しかし、動きはさほど活発ではなく、ファンページの「コバさま名言集」も、しばらく更新されてない。

調教後の馬体重が発表された。ジェメロは五〇六キロ。前走から二〇キロ増えたのは成長ぶんだと思われた。

　皐月賞を二日後に控えた金曜日の朝、原厩舎の前の馬道から、洗い場につながれたジェメロを見ていた。すると、

「これは本物のジェメだよ」

　と美紗が話しかけてきた。オレンジと白の染分け帽をかぶっている。最近、調教でも騎乗できる持ち乗り厩務員になったという。

「本物ということは、新馬戦でドカ負けしたジェメロか。実はな――」

　と言いかけた小林を遮り、美紗が「コロッ」と舌を鳴らした。馬への合図となる舌鼓《ぜっこ》だ。そして、

「ジェメ、ジェメ」

　と呼びかけた。

　洗い場につながれていたジェメロが顔を上げ、両耳を立ててこちらを向いた。

「ほら、こっちを見てるでしょう」

「自分の名前を覚えてるからじゃないのか」

「じゃあ、小林さんが呼んでみい」

　美紗と同じように舌鼓を鳴らし、

「ジェメ、ジェメ」

と呼びかけた。が、まったくこちらを見ようとしない。

「今回帰厩して初めて馬道で会ったときは喜んで大変だったんだよ。前と同じように、飛んだり跳ねたりして、可愛かったなあ。頭のいい子だから、やっぱり私のこと、忘れてなかったんだね」

「そうじゃなく、しょっちゅう呼びかけているうちに、君のことを覚えたという可能性もあるんじゃないか」

「小林さん、私がおかしくなったと思っているでしょう」

美紗はすごい顔で小林を睨みつけ、行ってしまった。

宇佐見牧場で、獣医の阿部がフラテッロのマイクロチップを壊して別のものを入れ直し、ＤＮＡ鑑定の検体となるたてがみをとり替えた可能性があることは、美紗には話していなかった。

確かに、登録協会、獣医師、生産者が共同で仕組みさえすれば、二頭の馬を入れ替えることは技術的には可能だろう。

しかし、ジェメロはここにいる、しなやかな馬体の一頭のサラブレッドにほかならないのではないか――という気持ちも、小林のなかに根強く残っていた。

皐月賞当日、中山競馬場の上空には薄いうろこ雲がひろがっていた。この時期でも陽射しが強いと発汗する馬もいる。ピーカンではないが、競馬日和《びより》である。

出走馬はフルゲートの十八頭。一番人気は、鞍上が絶好調のプラティニということもあってジェメロに落ちつき、二・一倍。同じ原厩舎のソクラテスが、二・八倍という僅差の二番人気に支持された。

昼過ぎから馬主席でしばらく張っていたのだが、堂林は現れなかった。自身の所有馬が皐月賞に出ていないのだから当然か。

小林は、いつものようにジェメロの単勝を五万円買った。

当たるかどうかは考えないようにしているのだが、それでも今回は、圧勝した過去三戦とは何かが違うように感じられた。

美紗の言葉や、トレセンで彼女を見つめていたジェメロの表情が、頭の片隅にこびりついているからか。

今、パドックを悠然と闊歩《かっぽ》しているジェメロは、紛れもなく、新馬戦から小林の心をとらえつづけたジェメロである。

しかし、未勝利戦から弥生賞まで破竹の三連勝を遂げたジェメロも、他馬にはないオーラとも色香とも言えるものをまとった、ジェメロという特別なサラブレッドであったことも確かだ。

出走馬のレベルも観客の数も雰囲気も、すべてが異なるＧⅠの舞台だから、これまでと何かが違うように感じられるだけだろうか。

胸にわだかまる違和感の正体がわからないまま、クラシック三冠競走の皮切りとなる皐月賞のゲートがあいた。

ジェメロは内目の三番枠からまずまずのスタートを切った。

前後左右を他馬に塞がれて、やや窮屈そうだが、折り合いはついている。

馬群が正面スタンド前を抜け、一コーナーに差しかかった。

ジェメロは中団の内でじっとしている。

道中は馬群のなかでエネルギーを溜め、直線勝負に出る——というのが、鞍上のプラティニのレースプランなのだろう。

美紗が言うように、三連勝した「偽のジェメロ」から、新馬戦で大暴れした「本物のジェメロ」に入れ替わっていたとしたら、他馬に嚙みつきに行ったり、逸走したりとメチャメチャなことをするのではないか。

しかし、今の様子なら大丈夫そうだ。連勝した過去三戦と同じように、直線で別次元の破壊力を見せ、GIタイトルを手中にするだろう。

先頭から最後方まで十馬身ほどに密集した馬群はゆったりしたペースで流れ、目立った動きのないまま三、四コーナー中間の勝負どころを迎えた。

プラティニはガチッと手綱を抑えたまま、スパートのタイミングをはかっている。

四コーナー出口で、プラティニは、それまで右手に持っていた鞭を左に持ち替え、ゴーサインのステッキを入れた。

十万人を呑み込んだスタンドが大歓声で揺れている。

直線の激しい攻防が始まった。

プラティニは右に左にと鞭を持ち替え、ジェメロを叱咤《しった》する。

しかし、ジェメロは馬群から抜け出せずにいる。前方の進路はひらけている。それなのに、伸びない。

――どうした、ジェメロ！

大外に進路をとったソクラテスが、豪快に末脚《すえあし》を伸ばす。

ソクラテスが内の馬たちをまとめてかわし、皐月賞のゴールを先頭で駆け抜けた。

ジェメロはその五馬身ほど後ろの馬群のなかでもがいていた。

レースが確定した。ジェメロは八着だった。

――故障していなければいいが。

と心配になるほどの凡走だった。

検量室前に戻ってきたジェメロの歩様《ほよう》に異常は見られない。

鞍上のプラティニは、何度も首を横に振っている。

人馬を迎えた原も、調教助手の谷岡も、厩舎の一頭が勝って、もう一頭が惨敗したものだから、どんな表情をしたらいいのか戸惑っているようだ。

梅原は、いつものポーカーフェイスを保つのがやっとに見えた。

ジェメロがデビュー以来ずっと一頭のジェメロであったとしたら、休み明け三戦目の前走にピークが来てしまったのか。あるいは、前走から間隔があいたことで、心身がゆるんでしまったのか。

不可解さの残る敗戦であった。

翌日のスポーツ新聞各紙は、ジェメロの敗因考察にかなりのスペースを割《さ》いた。「目に見えない疲れがあったのではないか」「展開が向かなかった」「トリッキーな中山芝二〇〇〇メートルのコース形態と開催末期の荒れた芝に持ち味を殺された」といった、ジェメロに好意的とも同情的とも言える論調もあれば、「これまでは戦ってきた相手のレベルが低かった」とか「早熟だった可能性がある」という辛辣な声もあった。

ネット上の小林のなりすましが息を吹き返した。「コバさま名言集」も久しぶりに更新されていた。相変わらず、競馬に関係があるのかないのかわからないような言葉が並んでいる。

「情報が簡略化、断片化される傾向にあります。裏を返すと、それだけ想像を膨らませる余地が大きくなったということです。言葉の奥を考えるべき時代なのです」

「泳ぐときは川の上流と下流、どちらに向かうべきか。真理に近づきたければ上流へ、コンセンサスを得たければ下流へ。流されることで得られるものもあるのです」

やった覚えがないのに、自分がしたことになっている。そして、今ここにいる自分ではないほうの「小林真吾」のほうが、ときにはより強い社会性を持って、多くの人々の心を動かしている――という奇妙な状況がつづいている。

東都日報には、相変わらずドゥーマの広告が大きく掲載されている。

ということは、堂林の事業は順調で、東都の篠田常務との関係もそのままなのだろう。堂林から見たら、沢村と篠田は以前から一体で、そこに小林が加わって、隙あらば足をすくおうとしている、といったところか。

小林が堂林をマークしていることは、他社の多くの記者たちも知っている。その小林が所属する東都日報だけにドゥーマの広告が大々的に載るというのは、他社の者たちの目には不自然に映るのではないか。それとも、堂林からの豪華な「エサ」によって、小林の牙が抜かれた、つまり、堂林の軍門に降《くだ》ったと見られているのか。

そんなことを考えていると、後輩の高橋からメールが来た。東都のPOGブログのコメント欄のスクリーンショットが添付されていた。

「コバさまって、堂林和彦オーナーに心酔してるって噂の提灯《ちょうちん》記者の小林?」

「小林は大学の先輩の堂林オーナーの口利きで東都に入社できたらしい」

「堂林とジェメロと小林の関係、複雑じゃね?」

といったコメントが「名無し」で書かれている。高橋からのメール本文のリンクをクリックしてみると、もう消去されていた。

しかし、たとえ数時間であっても、これらのコメントが世界中のどこからでも、誰でも読める状態になっていたのだ。

これはいいことなのか、悪いことなのか。もうひとりの小林真吾の存在の是非もそうだが、どっちなのか自分でもよくわからなかった。


皐月賞の翌週、美浦トレセンからクルマで十分ほどの阿見《あみ》アウトレットで、美紗と昼食をとった。

「だって、しょうがないよ。新馬戦が去年の六月の終わりでしょう。十カ月ぶりぐらいの実戦だったんだから」

と、パスタを頬張りながら美紗が言った。

「君の言うとおりだとしたら、『本物』のジェメロにとっては、新馬戦で大敗して以来の休み明けの実戦が皐月賞だった、ということか。それで前年の二歳チャンピオンに五馬身しか離されなかったんだから、心配する必要がないどころか、立派なもんだ」

「言ったとおりでしょ。ジェメは強いんだから」

「誰も弱いなんて言ってないよ」

っていた。

いつしか、小林が美浦に来たときは、こうして一緒に食事をするのが習慣のようにな
「でも、小林さんだって、おかしいと思ってるでしょ」

「まあそうだけど、いろいろな結果が出るのが競馬というものだから」

「次は絶対いいよ」

「ダービーか。美紗説に従うと、デビュー三戦目でダービーを勝ったら、最少キャリア制覇のタイ記録だ」

「本当はね。でも、記録上は、『本物』と『偽物』を合わせて、新馬、未勝利、五〇〇万下、弥生賞、皐月賞を使ったことになってるから、六戦目か。普通だね」

「ダービーを勝てば普通じゃないさ」

残り少なくなったオレンジジュースをストローでかき混ぜながら美紗が言った。

「この前までトレセンにいた『偽物』のジェメロは、どうしてるのかな」

「二頭で一頭のジェメロを演じているとしたら、そこらの外厩か、門別の宇佐見牧場にいるんじゃないか」

と言いながら、暗闇のなかで見たフラテッロの凜々《りり》しい顔を思い出した。

宇佐見がオーナーブリーダーとして所有するフラテッロは、栗東の橋本《はしもと》厩舎の管理馬となっている。父はベストクライアント、母ハイチェスナットという、中央でデビュー

できただけで満足していい程度の血統だ。

「あっちのジェメロは皐月賞に出てなかったね」

「ん、まあ、そういうことになるな」

美紗のいう「あっちのジェメロ」かもしれないフラテッロは、皐月賞と同じ日に阪神で行われた未勝利戦を武田豊治《たけだとよはる》の手綱で圧勝した。史上最多のダービー五勝を挙げている名手の武田が、次も乗りたいと申し出てきたという。

「『偽物』のジェメロ、ダービーに出ないのは、もったいないと思わない？　弥生賞の勝ち方、あんなにすごかったのに」

「確かにそうだな。なあ、美紗、ちょっと聞いてくれるか――」

小林は、複数の獣医師や、付き合いのある生産者から聞いた、マイクロチップとDNA鑑定による個体識別の精度の高さ、そして、双子の受精卵は一〇パーセントほどの割合で見つかるものの、母胎の栄養をとり合ったり、本来一頭ぶんの空間で二頭が育つために、双子で生まれたサラブレッドはほとんどまともに成長しないから、受精卵の段階で片方を潰すのが普通であることを説明した。さらに、弥生賞のあと門別共同育成場でジェメロを、宇佐見牧場でフラテッロを見てきたことを話した。危ない目にあったことや、沢村と紺野綾香の関係については話さなかった。

「ふうん、で？」

と美紗は不満げだ。

「だから、前にも言ったように、複数の関係者が関われば、二頭の馬をすり替えることは物理的には可能だ。ジェメロでそれをやるとしたら、主導者は、オーナーブリーダーの宇佐見さんだろう。でも、クラシックを狙える馬が二頭いるなら、別の馬として参戦させればいいんじゃないか？」

「それがわからないから調べて、って言ったの」

「だから調べた、って言ったじゃないか。そもそも、いくら似ていたって、別の馬なら、あの原調教師やプラティニが気づかないはずがないだろう」

美紗は眉間にしわを寄せ、グラスの底を見つめている。

「毎日スポーツの豊崎《とよさき》さんに頼んで、調べてもらおうかな」

「どうしてあいつに？」

豊崎の父は有名な馬主だ。そのコネで毎日スポーツに入った豊崎は、競馬専門チャンネルの複数の女性キャスターと噂になったりと、女癖が悪いことでも知られている。

「しょっちゅうラインくれて、ご飯に誘ってくれるの」

「で、飯を食いに行ったのか」

「小林さんには関係ないでしょ。豊崎さんなら、お父さんの口利きで、牧場とか登録協会とかを動かせるんじゃないかな」

そう言って、こちらを見る目がかすかに笑っている。嫉妬させようとしているのか。

そのとき、小林のポケットのスマホが震えた。

見たことのない番号が表示されている。警察関係者などからの緊急の連絡かもしれないので着信ボタンを押したら、そのとおりだった。

「小林さんですか。原厩舎の梅原です」

「どうしたんだ、突然」

「お話ししたいことがあるのですが、今夜お時間ありますか」

「今夜？」

という小林の声を聞き、美紗がスマホを操作する手を止めた。

「時間は小林さんに合わせますが、場所は指定させていただいていいでしょうか」

「ああ。時間もそっちに任せるよ」

「では、十九時に稲敷《いなしき》警察でよろしいですか。部屋を用意しておきます」

「オッケー。じゃ、のちほど」

このあとトレセンの寮で原稿を書いているうちに、ちょうどいい時間になるだろう。

「誰？」

と美紗が訊いた。

「電話の相手？」

「うん」

相手が女だと思っているようだ。こちらの嫉妬心を利用しようとしていたのに、自分が妬《や》いているのか。ニヤつきそうになるのを抑え、梅原からだと言おうとして、ふと思った。沢村が残したメモの「絶対の味方」に美紗は入っていない。彼女のことをよく知らなかっただけかもしれないが、ひょっとしたら、疑念を拭い切れない何かがあったのかもしれない。

「後輩の高橋だよ。彼女のことで相談があるって」

「ふうん」

と美紗は納得していない様子だった。

目の前で口を尖《とが》らせている彼女が、仮に、堂林サイドの意向で動いていたとする。だとしたら、かつての所有馬に替え玉がいる可能性を探ることが、どうして堂林を利することになるのか。

――まだおれは何かを見逃しているのだろうか。

答えが見つからないまま、稲敷警察署に向かった。

トレセンのマスコミ寮から署まで、クルマなら十分もかからずに着く。

「お呼び出ししてすみません。トレセンの近くでは、ここぐらいしか人目につかないところが思い浮かばなくて」

二階の取調室で、入口側に座った梅原が言った。

「別にいいけど、警察ってのは、本当にお茶も何も出さないんだな」

「取り調べが長時間になると、出すこともありますよ」

と言いながら、今は出すつもりはないようだ。

「おれに話っていうのは？」

「ジェメロのことなんです」

「まさか、皐月賞の前に別の馬とすり替えられたとか言うんじゃないだろうな」

と小林が言うと、梅原は珍しく動揺したように目を泳がせた。

「よくわかりましたね」

「おいおい、ほんとかよ」

「お恥ずかしい話ですが、ぼくは馬の見方がよくわからないので、小林さんの意見を聞こうと思いまして」

「何言ってんだ。あれだけ乗れるのに」

「乗れていますか？　去年の春、この任務を命じられて初めて馬に乗って、最近ようやく楽しさがわかってきたところなんです」

「冗談だろう」

たった一年であれだけ乗れるようになったとは、プロの騎手が聞いたら卒倒するかもしれない。小林は訊いた。

「ジェメロについては、原のテキにも確かめたんだろう」

「はい。でも、原さんは、成長期の馬はガラッと変わることがあるから、そう感じるんだろう、と、まともにとり合ってくれないんです」

「もうちょっと詳しく話してくれないか」

「変だなと初めて思ったのは、皐月賞の二週前に帰厩してきたときでした。確かにジェメロなんですけど、人間との距離の保ち方が違うというか、一緒にいる感じが、どうもしっくり来ないんです」

「その真偽を確かめるのも公安マターなのか」

「今のところはぼくの感覚の問題かもしれないので、上長には話していません」

「でも、もしすり替えが事実で、それに堂林が関わっている可能性があるとしたら？」

「上に報告しなければなりません」

「実は、あんたと同じことを言っているやつがいるんだ」

少しの間考えていた梅原が顔を上げた。

「山野美紗さんですか」

「そうだ」

「彼女のほうがぼくよりずっと馬を見る目があるはずです。原さんは、あえて馬を見る目のないぼくを担当に指名したような気も、実はしているんです」

「あんたらは何でも疑うんだな」

「馬の個体識別について、自分なりに勉強しました。それをもくろむオーナーブリーダーの協力者として、獣医師と血統登録協会の人間、調教師がいれば不可能ではない」

「おれもそう思うけど、動機は何なんだ。警察の人間というのは、まずそこを考えるんだろう」

「わかりません。想像するしかないのですが、経済的なことでしょうか。あるいは、タブーに挑戦したいのか。この仕事は、人間の力ではどうにもならないことへの挑戦の繰り返しですよね。そこにとり憑《つ》かれるホースマンがいるのはわかるような気がします」

「あんたと美紗の説が正しいとすると、弥生賞まで美浦にいたジェメロは、今どこにいると思う？」

「北海道の宇佐見牧場か、どこかの外厩か、あるいは、別の名前で登録されて、美浦か栗東の厩舎に入っているかもしれない」

「さすがだな。あんたは運動神経だけじゃなく、頭もいい」

小林は、フラテッロについて梅原に話した。

梅原はタブレットにフラテッロの未勝利戦の写真を表示させ、じっと見つめている。

「わからない。あれだけずっと一緒にいたのに、情けないです」

「跨れば、乗り味の違いでわかりそうか？」

小林が訊くと、梅原はしばらくうーんと唸った。

「いや、余計にわからなくなるような気がします」

「そうか、ともかく、ここにいる限りは解決しない、ってことだな」

最重要人物は宇佐見であることは間違いない。宇佐見の妻と獣医の阿部も関わっているのだろうか。そして、堂林も――。

寮に戻ってからすぐ美紗にメッセージを送った。

「ジェメロが二頭いる件、また日高に調べに行くよ」

すぐに、

「ありがとう」

と、ハートと涙のマークがたくさんついた返信があった。

「ダービー優勝候補のふるさとを訪ねて」という連載企画を通し、北海道に数日間滞在することにした。

まずは、千歳の大手生産者グループの五頭をまとめて取材した。

断られるのを覚悟で宇佐見に電話を入れたら、あっさり取材をオッケーしてくれた。

「この前来てもらったときと、ほとんど変わっていませんよ」

と宇佐見は笑顔を見せた。「来てもらった」というのは皮肉のつもりか。

相変わらず、身につけている作業着が借り物のように見える。

「今年は、ブラックルージュに何を種付けしたんですか」

「ベストクライアントです」

フラテッロの父でもあるベストクライアントは、種付料がディープステージの十分の一ほどの種馬だ。ジェメロの弟か妹は、価格という意味ではずいぶん下がることが生まれる前からわかっているわけだ。

「受胎したんですか」

「はい。今年は預託も含めて全部受胎しました。来年の春は忙しくなりそうです」

頷きながら、道の向こうの放牧地に目をやると、千歳の大手生産者グループが使っている、ネット付きの高価な牧柵で囲われていることに気がついた。その牧柵は、千歳グループの放牧地であることを示す目印でもある。なぜ、虫食いのような形で、ここだけ千歳グループの土地になっているのだろう。

「あそこは、お宅の放牧地ではなかったんですね」

「ええ。四年前、千歳グループに売りました。ディープステージの種付料だとか、いろいろ入り用だったので」

「でも、あのなかで作業しているのは奥さんでしょう」

「そうです。千歳グループ本場の放牧地に入り切らない馬を、うちが預託という形で世話させてもらっています。たくさんの馬主さんが来るので、器の見栄えもよくしないと、馬もよく見えないので、千歳グループがあの牧柵を巻いたんです。預託と言うと聞こえがいいけど、こうなると、小作のようなものですね」

「なるほど」

互いに演技をしているかのようで、どこか気持ち悪い。

不自然な間がしばらくつづいた。

下を向いて足元の土を踏み固めながら宇佐見が言った。

「フラテッロのデビュー戦、見ました？」

「はい、リプレイ映像で」

「どう思いました？」

含みのある訊き方だった。

「相当走りそうですね」

「次は京都新聞杯を使い、勝てばダービーに向かいます」

「ジェメロとフラテッロ、二頭とも出られるといいですね」

「アクシデントさえなければ大丈夫でしょう」

「宇佐見さんがそこまで言うなら、京都新聞杯を見に行かなければなりませんね」

「ぜひそうしてください」

挑発するような言い方だった。

小林は、ずっと気になっていたことを訊いた。

「うちの沢村は、こちらに来たことがあったのでしょうか」

「ええ、亡くなる少し前に二度、来られました。切れる人でしたね。私はあの人の文章のファンでもあったので、残念です」

「ここに来た目的は取材、ですか」

「どうなんでしょう。ジェメロがここにいたときの様子や、母馬がどんな性格で、育児拒否などがなかったか、とか、変わった質問が多かったし、写真を撮っていなかったから、違うんじゃないですか」

「近い時期に二度来たのですか」

と小林が訊くと、宇佐見は頷いた。

「実は、ジェメロを買い戻すことができるなら、買い戻したほうがいいと言って、背中を押してくれたのはあの人だったんです」

「そうなんですか」

ということは、沢村は、原厩舎の谷岡に電話するより前に宇佐見に会っていたのだ。

「新馬戦で禁止薬物ではない興奮剤の実験材料にされた可能性がある、と、二度目に来たとき教えてくれましてね」

「その興奮剤は、堂林オーナーによって投与された、と」

「沢村さんはそう言っていました。短時間しか体内に滞留せず、レース後の尿検査のときには検出されないものを開発しようとしていたらしい。そんなことをして一時的にパフォーマンスを上げても、後世に伝わる血の力にはならないのに、バカな男ですね、堂林というのは。我々ブリーダーにとって優れた種の保存というのは永遠のテーマなんです。堂林は、そのために生きている我々の存在を否定し、何世紀にもわたって世界中でつながれてきたサラブレッドの血を穢《けが》したことになる。それに気づかせてくれたのが沢村さんだったんです」

「宇佐見さんが、ぼくの取材を受けてくれたのも、沢村のことがあったからですか」

「はい。でも、あなたの記事もよく読んでいたので、一度会ってみたいと思っていました。取材をまったく受けないわけではないのですが、『マスコミ嫌い』ということにしておいたほうが、楽なことが多いんですよ」

敵意か好意か読めない光を目にたたえ、小さく笑った。

もう一軒、訪ねたい、いや、行かねばならない牧場があった。

ネイビーファーム。沢村と愛人関係にあったという紺野綾香のいる牧場だ。浜口から聞いた番号に何度も電話しているのだが、綾香は電話をとらない。留守電に十回ほどメッセージを入れたのだが、向こうから連絡してくることもない。

こうなったら押しかけるしかない。幸い、ネイビーチャンスという生産馬が、収得賞金の額でダービー出走をほぼ確実にしている。

沢村のいた新聞社の取材だと断られる可能性があると思い、浜口に間に入ってもらって取材を申請した。時間はかかったが、取材許可が下りた。取材者の服装にまでうるさいというので、スーツと革靴で牧場を訪ねた。

取材に対応したのは初老の場長だった。

場長は、ネイビーチャンスが幼駒《ようく》のころのエピソードや、牧場の育成方針、名門復活にかける思いなどを、一度の囲み記事にはもったいないほど話してくれた。しかし、小林が帰り際、紺野代表のコメントもほしいと言うと、態度を硬直させた。

「私の話では不十分でしたか」

「そういう意味ではありません。代表が無理なら、奥様でも」

「何を言っているんですか。もうお帰りください」

あまり粘って、今聞いた話の掲載まで断られてしまうと困る。少なくとも、こうして自分が訪ねてきたことは綾香に伝わるだろう。「次」への布石にはなったはずだ。

「では、代表と奥様に、くれぐれもよろしくお伝えください」

と帰りかけたとき、視界の端で何かが動いた。

牧場事務所の隣にある、瀟洒《しょうしゃ》な洋館風の建物の扉があいた。

紺野綾香が出てきた。

「私でよければ、お話しします」

牧場名と同じネイビーのパンツスーツに白のサマーセーターを合わせている。スタイルは、タレント時代からほとんど変わっていないように見える。

「いいですか」

と小林が場長に訊くと、場長は諦めたように頷き、歩いて行った。

「こちらへどうぞ」

と綾香が小林を応接間に通した。

「何度かお電話したんですが、お忙しかったんですか」

と小林が訊くと、綾香はこちらに背中を向けたまま答えた。

「沢村さんが見込んだ後輩なら、私が何もしなくても来ると思っていた。そのとおりになったわね」

競馬チャンネルでオッズやレース結果を読み上げていた声も以前のままだ。

綾香が奥のキッチンに消えたので、小林はソファの横に立っていた。

カチャカチャと陶器のぶつかる小さな音が聞こえてくる。

て戻ってきた。

どのくらい待たされただろうか、綾香がティーポットとカップを大きなトレーに載せ

徹底的にマイペースなのか。あるいは、ちょっと変わったことをして人を試すのが習い性のようになっているのか。年齢不詳の整った美貌を正面から見ていると、その両方のような気がしてきた。

ソファに腰掛けた小林は、

「先日はありがとうございました」

沢村からことづかったＤＶＤの礼のつもりでそう言った。

出されたアールグレーを口に含むと、気分が落ちついた。

「お役に立ちました？」

「はい。ぼくが知らなかった沢村さんを知ることができました」

「そう」

「ひどい女だと思っているでしょう」

「いいえ、まだいろいろわからないことがあって、あなたがひどい人かどうかもわからずにいます」

「沢村さんみたいな言い方ね」

親しげな笑いを含んだような言い方だった。

「記者として、ずっと意識していた人ですから、似てしまうのかもしれません」

と言いながら、目の前にいる綾香と沢村が並んで座る姿を想像してみた。釣り合うとか釣り合わないとかではなく、組み合わせとして、二人が男女の関係だったとは、どうしても思えない。綾香が椅子に深く座りなおした。

「あの人のおかげで、私たちは今もここにいられるんです」

「どういうことですか」

「わかっているのに相手に言わせるところも同じね」

「参ったな」

「堂林がクラブ法人を立ち上げようとしていたのはご存じでしょう」

綾香も堂林を呼び捨てにした。

「はい、沢村さんが残してくれたメモで知りました。その拠点にしようと、この牧場に狙いを定めたわけですね」

「実は、私はそれでもいいと思っていたんです。ネイビーファームの看板を下ろさずに済み、従業員の生活を守ることができるなら、経営者は誰でもいいと」

「代表は何と？」

小林が訊くと、綾香はゆっくり首を横に振った。

「猛反対なんだけど、意思表示が上手くできない状態なの」

「認知症ですか」

「そうじゃなくて、進行性核上性麻痺《かくじょうせいまひ》という、パーキンソン病に似た難病。体の一部に麻痺が出て、少しずつ動かせない範囲がひろがって、歩いたり、話したりするのも難しくなる。病名のとおり、進行性なので、回復することはない厄介な病気」

「体調がすぐれないという噂は聞いていました」

「まだ六十代なのよ。発症したら、五年か、長くても七、八年と覚悟するよう、医師に言われた。その病気自体ではなく、誤嚥《ごえん》性肺炎や敗血症などを誘発して死ぬケースがほとんどなんですって」

「堂林が知ったら、買い叩こうとしたでしょう」

「ええ、足元を見てきたわ。それで沢村さんが、適正な価格に上げさせるか、手を引かせるために、自分が対抗馬になる、って」

綾香はそこでいったん言葉を切って、こちらを見つめた。

「経済力がなくても、ここを手に入れられる方法で」

「そうか。あなたと組んでここを乗っとる、という筋書きを演じることにしたわけか」

例えば、沢村が代表を病死に見せかけて殺害し、綾香と結婚する、というストーリーが考えられる。代表を殺さなくても、書面をでっち上げて乗っとる、ということにしてもいい。いずれにしても、沢村と綾香が男女の関係にある、という設定にしなければならない。

「主人に話したら、それも反対されたけど」

「そりゃあ、男としては、気持ちのいいことではない」

「私も最初は、そんな子供じみた手に堂林が引っ掛かるわけがないと思っていた。私と沢村さんが主人を殺すとか、主人が動けないのをいいことに権利書を書き換えたりするなんて。お金はかからなくても、犯罪というとてつもないコストがかかるから、まともな人間はとり合わないと思った」

「しかし、堂林はまともではない。しかも、犯罪のコストがものすごく低い環境にいる」

「それで、ハマちゃんの力を借りて、私と沢村さんが愛人関係にあるという噂を流してもらったの」

ハマちゃんというのは「月刊うま便り」の浜口だ。国道沿いのレストランで浜口が大げさに小指を立てたのは、天然の仕草ではなく、演技だったのだ。

「沢村さんは、堂林の目を自分に向けさせようとしたんだろうな」

「そうして時間を稼ぐつもりだったみたい。あの人、『時間さえあれば何でもできる』って口癖みたいに言っていた。もがいて延命して、またもがくことの繰り返しをバカにしちゃいけない。延命して生きることも、健康で元気に過ごすことも、時間があるという意味では同じなんだ、って」

「そもそも、どうして沢村さんはそうまでしてここを守ろうとしたんですか」

「昔の恩義があるからだって。でも、主人に訊いたら、若いころ、何度かご飯を食べさせたり、泊めてあげただけみたい」

「あの人らしいや」

「それに、聞いてない？　別れた奥さんと私、幼なじみなの」

「初耳です」

「向こうのほうが二つお姉さんなんだけど、誕生日とか、クリスマスの記念写真とか、いつも一緒に写ってた仲よしだった」

「ぼくは、沢村さんに子供がいたことも知らなかったんです」

「あの人、自分の話をしたがらないから」

確かに、実家は静岡らしいが、親はどんな仕事をしているのかも、兄弟がいるのかいないのかも聞いたことがなかった。

「沢村さんが守ろうとしたこの牧場は、大丈夫そうですか」

近年、日高の名門牧場の閉鎖が相次いでいる。

「ええ、あの人と私が、体を張ってきたんだから、もっと強くします」

と綾香は、壁にディスプレイされた十年前のＧＩの口取り写真を見上げた。

「ネイビーチャンス、ダービーでいいレースをしてほしいですね」

「うちが長年大切につないできた牝系から久々に出た大物です。自分の走りによって、そうした伝統に目を向ける人が増えるようなレースをしてくれるといいな、と思っています——オーナーブリーダーとしてのコメントはこれでいい？」

「はい、ありがとうございます」

小林がメモとICレコーダーを仕舞うと、綾香が座り直して言った。

「前に送った写真データだけでは、堂林を追い詰めるのは無理かしら」

「はい、難しいような気がします。送っていただいてすぐ警察に提出したんですけど、今のところ動きはありません」

「沢村さんが持ち出した書類の一部は？」

「うちの常務のところにあります。それも見ましたが、動く金額が小さいし、何より、委任状そのものだと犯罪の証拠にはならないでしょう。堂林が躍起になってとり戻そうとしているのは、ほかのものだと思うんです」

「あなたの言うとおり」

「ここにあるんですか？」

「まさか——」

確かに、ここでは堂林に「とり返しにきてください」と言っているようなものだ。

綾香が立ち上がって言った。

「でも、鍵はある」

「鍵？」

「ええ、あなたにおわたしするわ」

と綾香は一度玄関ホールに出て、階段を上った。

ついて行くと、二階の部屋の扉を開けた。大きな部屋の窓側に、角度の変えられる介護用ベッドが置かれ、枯れ枝のような腕を出した老人が寝ていた。

「主人です」

「は、はい……」

「あなた、沢村さんが話していた小林さんが来てくれましたよ」

代表の紺野が顔を上に向けたまま、目だけをこちらに動かした。高カロリー点滴の注入口が鎖骨の近くに埋め込まれ、尿道からつながった管が半透明の袋へと伸びている。

これだけ重篤な患者がいるのに、病室特有の臭いがしない。普段から綾香が清潔にしているのだろう。

「今までお話ししていたんだけど、この人なら『鍵』を預けても大丈夫だと思います。いいですか？」

綾香が言うと、紺野はまた目だけをこちらに向けた。

「小林さんからもお願いして。私たちの言っていることはわかるから」

小林は紺野の枕元に歩み寄って、

「東都の小林です。紺野さんがお持ちの鍵を、ぼくに預けてもらえますか」

と言うと、紺野の目が泳ぐように動いた。もう一度紺野の視界に自分の顔が入るよう目線を追ったら、目が合った。

するとと紺野は、はっきりと、

「あー」

と答えた。

「すごい、主人が声を出したのは一週間ぶり。医者や看護師にも返事をしないのに」

「光栄です」

「うちはうちで、また頑張っていきましょう」

と綾香は紺野の耳元で言い、シーツから出た片手にそっと手をのせた。

しばらくそうしていた綾香は、思い立ったように紺野の額にのせていた濡《ぬ》れタオルを交換した。さらに、パルスオキシメーターで指先を挟んで血中酸素飽和度と脈拍をはかってから検温し、サイドテーブルのノートにそれらの数値を書き写した。

そして、紺野のパジャマを着替えさせ、

「では、鍵をおわたしします」

と部屋を出た。

リビングに戻ると、ダイニングテーブルで書き物を始めた。

こんなところに、と思うような食器棚の引き出しからとり出した印鑑を捺すと、

「下には小林さんの住所、氏名を書いてください。印鑑はいりません」

とA4の紙を差し出した。

委任状だった。委任者は「紺野綾香」。委任事項は「貸金庫の物品の受領」。代理人、つまり、受任者のところが空欄になっている。

小林は住所と名前を書き込み、言った。

「なるほど、これが鍵か。で、この貸金庫はどこにあるのですか」

「それは私も知らないの」

「え？」

「ハマちゃんに訊いて。あの人だけが知っている」

「なるほど、二重ロックですね」

「堂林から何度も連絡があって、それこそ代理人が何人も来たわ。半分は見るからにヤクザで、もう半分は中国人だったと思う」

「そうですか」

「堂林は、受任者を自分や親族にしたり、そこが空欄になっている委任状をたくさん持

っているの。債権譲渡通知書や、不動産の売買契約書も。すごい量で驚くと思う」

鍵を小林に預けたということは、「物品」が、金のなる木としての役割を終えたから、つまり、沢村の息子さんの手術が終わったからなのか。

「沢村さんの息子さんの手術はどうなったのですか」

「無事終わって、予後もいいみたい」

「そうか、よかった」

「ええ、本当に」

「では、確かにお預かりしました」

と小林は委任状をカバンに入れ、立ち上がった。

玄関ホールに、陽の光を撥《は》ねて輝く海を背景としたネイビーファーム全景の油彩が飾られている。

守り抜こうとする人間たちの力が、その存在価値をより尊いものにしている。

「今日は来てくださってありがとう」

と言った綾香に黙礼し、ドアノブにかけた手を戻して、訊いた。

「最後にもうひとつだけ、いいですか」

「何かしら」

「沢村さんは、殺されたのでしょうか。それとも自ら死を選んだのでしょうか」

ホールに響く声は、二階の紺野にも届いているような気がした。

「私もそれを訊こうと思っていたの」

綾香の目から見る見る涙が溢れ出した。

彼女がぼんやり抱いている答えは、おそらく自分のそれと同じだ。

沢村は、大切な人たちの命と尊厳を守り抜くために、自らの時間を終わらせたのだろう。


ネイビーファームを出るころには、だいぶ陽が傾いていた。

ミラーに追跡してくるクルマが映らないか確かめながら、コンビニの駐車場にレンタカーを停めた。

浜口に電話をして貸金庫の場所を訊いたが、「会ったときに言う」と、電話では教えてくれなかった。

今、小林が貸金庫の場所を知ると、「鍵」はひとつだけになってしまう。それをひとりで持つ時間が長くなるのは危険だと浜口は考えたのかもしれない。

対する堂林は、とり戻そうとしているものが、どこに、どのような状態であると見ているのか。沢村を死に追いやり、次は小林を狙ってきた。そして攻勢をかけてきた堂林に、篠田常務が逆襲を仕掛けた。ネイビーファームにそれがないことは知っている。篠田がどの程度持っているのかは把握していないはずだが、質量ともにかなりのものを手にしていると見ているからこそ、あれだけの広告費を遣っているのだろう。

浜口は大丈夫なのか。堂林のことだから、浜口が沢村や小林、ネイビーファームとつながっていることをわかっているだろう。彼にも守るべき家庭がある。確か、高校生の娘がいるはずだ。浜口は、大切なものを守り切ることができるのか。考えてみれば、彼に後ろ楯《だて》となる組織や人物がいるのかどうかも小林は知らなかった。

いずれにしても、今は、篠田と浜口が防波堤となってくれている。

まだ時間はあるだろう。

もし、堂林がとり戻そうとしている書類のなかに、ジェメロの所有権の譲渡に関するものもあれば、馬のすり替えに堂林が関わっている可能性が大きくなる。ひょっとしたら、すり替えられた馬はほかにもいるのかもしれない。普通の発想では動機や理由がまったくわからない突飛なことをしでかし、からくりを見えにくくしたうえで自らを利するからこそ、ああいう飛び抜けた悪党になれるのだろう。

小林は、ジェメロの手術をした獣医の阿部一之進の携帯を呼び出した。また留守電だった。紺野綾香に連絡をとろうとしていたときもそうだったが、メッセージを残しても、向こうからかかってくることはない。何かトラブルでもあったのか、海外にでも行っているのか、それとも自分を避けているのか。避けるとしたら、理由は何だろう。ジェメロに関することか。

小林はホテルとは反対側にクルマを走らせた。

「阿部アニマルクリニック」の正面にレンタカーを停めた。

古い商店を居抜きで使っているので、木製の引き戸のガラスから室内が丸見えだ。馬に使う薬品など、このあたりでは相当需要があるだろうから、不用心ではあるが、そのぶん好都合だ。

ガラスに顔を寄せ、手庇《てびさし》をして目を凝らした。奥の机にタブレットが置いてある。阿部が使っている電子カルテがインストールされた、あのタブレットだろう。

引き戸に手をかけた。鍵がかかっている。

道沿いの建物なので、人目が気になった。

クルマを少し先の空き地に停めてクリニックに戻り、裏に回った。

勝手口のドアそのものは古くて汚らしいが、ノブの光り方からして、今も使われていることがわかった。ノブを握り、そっと右に回した。すぐにガツンと引っ掛かった。ロックされている。が、握ったノブを持ち上げるようにしながら右にずらすと、すっとドアが手前側にあいた。

「阿部さん、こんにちは」

玄関から、外に漏れない程度の声で呼びかけた。応答はない。

土間が、かつて日用品の売り場だった診察室につながっている。

もう一度阿部の携帯を呼び出した。室内から呼び出し音や、バイブレーションの音はしない。またすぐ留守電になった。

このところ、どこかに忍び込んでばかりいる。これは立派な住居不法侵入だ。違法な手段で得た証拠は、証拠としての効力を持たない。しかし、それは捜査や裁判における話であって、新聞記者の自分には関係ない。

外から丸見えだからといって、抜き足差し足忍び足になると、私は泥棒ですと自己申告しているようなものだ。こういうときは、堂々としているほうが怪しまれない。

小林は、さっきカーラジオで聴いたポップスを口ずさみながら、机の前まで歩き、パイプ椅子に腰掛けた。

そして、タブレットの電源ボタンを押した。

――頼む、パスワード入力画面にならないでくれ。

願ったとおり、直《じか》にホーム画面が表示された。神経質そうに見える阿部だが、案外、手間を厭《いと》う性格なのか、

「カルテ」と記されたアイコンをタップした。獣医師用の情報管理ソフトなのか、ものすごい数のファイルが入っている。馬名の五十音順に並んでいるようだ。なかには「秋山チャコ」とか「北村ゴン太」といった名もある。犬も猫も馬も一緒のようだが、これ

で間違いない。長居は無用だ。

少しの間だけ拝借して、あとで返しておけばいいだろう。

タブレットを持って土間を横切り、玄関を出た。そして、元のようにドアを閉めようとしたのだが、ロックの出っ張りが引っ掛かって上手くいかない。

片手でやるからダメなのか。タブレットを下に置いて、両手でドアを持ち上げながら戻した。もう少しだ。このまま体重をかけて押し込めば閉まりそうだ。

と、そのとき、道路側からバタンとクルマのドアを閉める音がした。

ザッ、ザッと砂利を踏む音が響く。

――まずい、帰ってきやがった。

さんざん電話をしても出なかったのに、どうして戻ってくるんだと腹が立った。が、この状況は、誰が見ても自分が悪い。

クルマを停めてある空き地へと逃げるか、逆に、室内に戻ってどこかに身を隠すか、あるいは、このままここにいて、しれっと挨拶するか。

気がついたら体が動いていた。

ドアを半開きにしたまま、抜き足差し足忍び足を早足でするような格好で、建物の左側に走った。隣の家との隙間を右に入って通りに抜ける前、壁の陰から診療所の出入口を覗いた。白いレクサスＩＳが停まっている。が、誰もいない。そのまま競歩のような早足で進み、左手の空き地に停めたレンタカーに乗り込んだ。

エンジンをかけ、アクセルをふかしすぎないよう気をつけて動き出した。静かなハイブリッドエンジンのレンタカーにしてよかった。

国道二三五号線に出て、門別方面へと向かった。

まだ心臓が早鐘を打っている。

それにしても、獣医という職業にも、阿部一之進という名前にも似つかわしくないクルマに乗っているものだ、とドアミラーを見て、呼吸が止まりそうになった。

後続車五台ほどを挟んで、白いレクサスＩＳがついてきている。

――おい、嘘だろう。

何度も電話をしたので、タブレットを持ち出したのは小林だとバレているだろう。

空き地に停めたレンタカーも見られたかもしれない。こんなことになるのなら、借りるときに色を変えてもらえばよかった。今運転しているトヨタ・ヴィッツの色は「チェリーパールクリスタルシャイン」という、目が覚めるようなピンク色だ。

信号待ちで停まった。後ろを確認すると、レクサスが一台抜いて距離を詰めている。

追い越し禁止の黄色いセンターラインがつづく道だが、信号が青になると、前の軽自動車二台をまとめて追い越し、さらにアクセルを踏み込んだ。

すぐにセンターラインは追い越し可能な白線になった。前のクルマの右に少し出て対向車線を確認し、抜けるだけ抜いてから左に戻ることを繰り返した。後ろのレクサスが、少しずつ遠くなっている。障害物のない広い道でスピード比べをしたらあっと言う間に追いつかれてしまうだろうが、今はこの交通量が味方になっている。

黒い排気ガスをもうもうと上げる古いトラックの後ろについた。対向車は遠い。ウインカーを出して右に出て、アクセルを踏み込んだそのとき、前のトラックが突然右に張り出してきた。小林は急ブレーキで減速し、トラックの後ろに戻った。トラックの運転手は運転席の窓からタバコを持った手を出している。わざと塞いでいるのだろう。

トラックの真後ろで、二台、三台と対向車をやり過ごしてから、今度はウインカーを出さずに右に出て、一気に加速した。前に入ってからバックミラーを見ると、トラックの運転手は携帯電話を耳に当てている。電話に気をとられて、後続の邪魔をするどころではなくなったのか。

この調子で、阿部のレクサスの前も塞いでくれるとありがたい。が、小さなクルマに嫌がらせをするようなドライバーは、相手が高級車となると態度を変えるものだ。期待はできない。

その前に、まずい状況になってきた。

ここからの上り坂ではしばらく登坂車線がつづいて片道二車線になる。レクサスがエンジンパワーにモノを言わせて一気に差を縮めてくる恐れがある。

とにかく、アクセルを踏みつづけるしかない。小林は、走行車線と登坂車線を縫うように次々と他車を追い越した。

左手の太平洋が西日で黄金色に輝いている。

登坂車線がまもなく終わる。ナビを見ると、坂の頂上で、この国道二三五号線と平行するように山側を走る道に速度を落とさず移ることができそうだ。ただし、反対車線をまたがなければならないので、対向車が来たら諦めなければならない。理想的なのは、後方からの視界を遮る大型の対向車が来た直後に向こうに移ることだ。

ちょうど反対車線からトラックが来た。その後ろはシルバーの普通車だ。

――よし、行ける。

しかし、普通車の横、こちらから見て左側に、追い越し禁止の黄色い車線をまたいでバイクがはみ出してきた。

――バカヤロー、どきやがれ。

一気に普通車を抜いてトラックの後ろにつけてくれれば邪魔にならないが、ゆっくり、じわっと追い抜こうとしている。

バイクがシルバーの普通車の前に出た。と同時に、小林のヴィッツがトラックとすれ違った。すぐさまステアリングを右に切りながらタイヤが空転するほどの勢いでアクセルを踏み込んだ。

対向車線のバイクの前をかすめるように右にスライドし、山側の道の左車線におさまった。バイクのミラーに「賢人」と記された千社札のようなシールが貼られていたことが、少し遅れて脳裏に蘇ってきた。そのくらいの至近距離だったのだが、反射神経の鈍いライダーでよかった。バイクは何事もなかったかのように走っている。

後ろの阿部から死角になっていたことを祈った。今は国道との間の茂みが自然の目隠しになっている。

しかし、この道は一キロもしないうちにまた国道につながる。そこで阿部と合流しては意味がない。右手に大型のソーラーパネルが何台もある敷地の前でUターンした。

左手に山、右手に国道と海を見ながら、さきほど合流したポイントに近づいた。

ヴィッツのヘッドライトをつけたとき、背後に嫌な気配を感じた。

白いクルマがバックミラーに映っている。細い吊り眼《め》のLEDライトと、バンパーにまで食い込む、独特の形状をしたスピンドルグリル。

レクサスISだ。運転席にメガネをかけた阿部がいる。

電話番号を知っているのにハンズフリーでかけてこないのは、話し合いをする気がないからか。

小林は右にウインカーを出して国道に合流するふりをしたままアクセルを踏み込み、直進した。加速しながら家畜共振会場の前を抜け、「たまご直売」の看板がある角を左に曲がった。

阿部のレクサスはドリフトして、テールを大きく外に振りながらも、巧みにカウンターステアと呼ばれる逆ハンドルを当て、追いかけてくる。

見かけによらず、運転が上手い。

右手にサラブレッド生産牧場の放牧地を見ながら山側へとヴィッツを走らせた。

しばらく直線となだらかなカーブがつづく。

ミラーに映るレクサスのライトが、少しずつ大きくなってきた。

この先はT字路になっている。左は門別方面、右は山のほうへ進む道で、ナビを見ると、ワインディングというほどではないが、コーナーが多い。

逃げ切るには右に行くしかない。

対向車が来た。左前方の農家からもヘッドライトらしき灯りが道を照らしている。

小林はアクセルをゆるめた。阿部のレクサスがすぐ後ろに迫った。

――ちょっと試してみるか。

小林は、右足で、ちょんとブレーキペダルを叩いた。大きく減速はしないが、ブレーキランプはつく。

次の瞬間、後ろのレクサスが、ぐっとノーズを落とした。追突すると思った阿部が慌ててブレーキを踏んだのだ。映画『マッドマックス』のように、クルマをぶつけてまで停めようとする気はないようだ。

しかし、阿部が激怒したことはわかった。

何度もパッシングしながら、小林のヴィッツの後ろにレクサスのノーズをぶつかる寸前まで近づけてきたり、車体を左右に揺すっている。

小林はT字路を右折し、スピードを上げた。片道一車線で路肩がほとんどない細い道が森の奥へとつづいている。

コーナー手前で対向車線に張り出してから、内ギリギリをかすめて曲がるアウトインアウトを繰り返した。ステアリングを握る手がかすかに汗ばんできた。

コーナーを曲がりながらミラーを確かめると、後ろから完全に死角になる時間が五秒はあった。アクセルをベタ踏みにし、右コーナーに入って阿部の視界から隠れたところでライトを消した。

これで阿部の視界からヴィッツが消えた。小林の周囲も闇に覆われた。ナビによると少し直線がつづき、左手の農家へと鋭角に曲がる小道がある。そこで勝負をかける。

今、時速一二〇キロだ。フットブレーキを踏めばブレーキランプがついて、後ろから見えてしまう。ハイブリッドはエンジンブレーキもほとんど利かない。

左手をシート脇のサイドブレーキにかけ、じわっと引いた。一〇〇キロ、九〇キロと減速し、八〇キロまで落としたとき、レクサスのライトが後方を照らした。

小林は、思いっきりサイドブレーキを引き、ステアリングを左に切った。

ヴィッツは前輪を軸にして後輪を浮かし、大きく弾みながら左に曲がった。

――頼む、踏ん張ってくれ。

サイドブレーキを戻し、アクセルを床まで踏み込んだ。

外にふくらみ、右の前輪と後輪が路肩の草を巻き上げた。

背後をレクサスが猛スピードで通りすぎた。

三つ数えてからフットブレーキを踏んだ。どうにか停まった。

ブレーキから足を離し、窓をあけて耳を澄ませた。

乾いたエンジン音と、タイヤを軋《きし》ませる音が、少しずつ遠ざかって行く。

タイヤのゴムの焦げた臭いを嗅ぎながら、阿部の診療所から持ち出したタブレットの電源を入れた。

カルテのソフトを立ち上げた。

ジエメロのファイルもあった。

タップしてひらくと、馬名、生産牧場名、その住所、連絡先、最終診察日などの入力欄が上部にあり、左下に写真、中央下から右下にかけて、その馬の詳細情報の入力欄がある。そこに、生年月日、毛色、白徴などの特徴、血統、マイクロチップの番号などが記され、上部のタブで「基本情報」「診察記録」「健康手帳」「画像」「入金履歴」などのページをひらくことができ、今は「基本情報」になっている。

去年阿部の診療所に行ったときは、「診察記録」を見ながら説明してもらった。ひらいてみると、幹細胞移植手術のほか、筋肉注射や気管支拡張剤の投与記録などもある。「健康手帳」のタブを見ると、ジェメロの健康手帳に貼り付けられた個体確認書をスキャンしたか、このタブレットのカメラで接写したと思われる画像が出てきた。

そこに写っているマイクロチップ番号と、「基本情報」のマイクロチップ番号を照らし合わせてみた。

番号が違っている。

個体確認書の画像をとり込んだあと、別のマイクロチップを埋め込んだ可能性がある。フラテッロもそうだった。カルテを見ると、ジェメロ同様、個体確認書の画像にあるマイクロチップの番号とカルテのそれが違っていた。

決定的証拠ではないが、マイクロチップの番号のくい違いは、すり替えを疑うには十分な材料だ。

しかし、ジェメロもフラテッロも、たまたま最初に入れたチップが喪失して、新たに埋め込みなおしただけという可能性もあるし、そう主張されたら、覆す証拠はない。

これだけでは、ジェメロとフラテッロが「二頭一役」を演じたと断じることはできない。

ジェメロの母ブラックルージュと、フラテッロの母ハイチェスナットのデータを見れば何かがわかるかもしれない。

ブラックルージュの「診察記録」をひらいた。ディープステージを種付けした四年前の春までさかのぼり、受胎確認の文字を探した。あった。しかし、受精卵が複数あったとは記されていない。

ハイチェスナットも同様だった。

「基本情報」の右下に「ワード／エクセル文書登録」というボタンがある。

その機能でワード文書に変換したデータをメールに添付して自分宛てに送った。送信履歴と、変換したワード文書を削除した。

コンビニから宅配便でタブレットを阿部に送り返した。

そのまま日高自動車道に乗り、札幌のホテルに泊まった。

翌日、札幌中心部にある「月刊うま便り」編集室を訪ねた。

「預けたのは、北海道中央銀行の琴似《ことに》支店だ。さっき支店長に電話しといたわ」

と浜口がコーヒーを出してくれた。

ほどよい苦みと香ばしさが口のなかにひろがっていく。

「美味しいです。浜口さんが淹《い》れたんですか」

「おう、美味いのは水が違うからだべ」

小林は、前日の阿部とのカーチェイスと、電子カルテの中身について浜口に話した。

「そうか。確かに阿部は、悪いことしそうな雰囲気があるな」

「もう少ししたら、助っ人《すけと》が来るはずです」

と小林が言ったとき、インターホンが鳴った。

モニターを見た浜口が首を傾げた。

「あれ？　こいつ、どっかで見たな」

「原厩舎の調教厩務員です」

「ああ、例の公安のやつか」

ドアがノックされ、スーツ姿の梅原が入ってきた。

「迷わず来られたか？」

と小林が訊くと、梅原は微笑した。

「はい、内偵で何度か来たことがあったので」

「それはご苦労なことで。でも、あんた、あんまり強そうでないけど、ひとりでボディガードできるのか？」

梅原に代わって、小林が答えた。

「ご心配なく。前に暴漢に襲われたときも助けてもらいました。こう見えて、浜口さんでも秒殺かもしれません」

「本当か？」

二人の話をニコニコしながら聞いていた梅原が口をひらいた。

「出るときは裏口からにしましょう。クルマを用意してあります。三十分ほど早く来て、小林さんがこのビルに入るところを見ていたのですが、つけられていました」

「そうか。気をつけていたんだけど、参ったな」

「二十代半ばぐらいのカップルです。笑い方や、唾の吐き方からして、日本人ではないかもしれない」

「ということは、堂林関連か」

「ほかの誰かにつけられる理由でもあるのですか」

と梅原が、関心があるのかないのかわからない表情で訊いた。

思い浮かんだのは阿部だったが、黙っていた。

裏口から出ると、シルバーのクラウンアスリートが停まっていた。覆面パトカーだ。

浜口が助手席、梅原と小林は後部座席に座り、北海道中央銀行琴似支店に向かった。

支店に着くと、二階の会議室に通された。

しばらくすると、女の行員が警備員と一緒にスチール製のボックスをかかえて部屋に来た。行員は、小林から委任状を受けとると、

「確かに、紺野様の代理人であることを確認させていただきました」

と鍵を差し出した。

ボックスをあけ、なかからネイビーファームの封筒をとり出した。

「お帰りのさいはお声をかけてください」

と行員と警備員は部屋を出て行った。

封筒の中身は、大量の委任状や債権譲渡通知書、不動産や有価証券の売買契約書などの書類とUSBメモリだった。委任状は、綾香が言っていたとおり、代理人のところに、堂林や、堂林の関係者と思われる人間の名前が書かれているものもあれば、空欄になっているものもある。

「これば悪用すれば、新手の『委任状詐欺』とか、社会問題になるかもしんねえべさ」

と浜口が目を丸くした。

「そうですね。委任者から正規の代理人として受任しているわけですから、摘発するのが難しいだけに厄介です」

と梅原が眉間にしわを寄せた。

「これら一枚一枚、すべての委任者に、正当な手法で委任状が作成され、自らの意思で代理人を選んだかを確認すれば立件できるんじゃないですか」

と小林が訊くと、梅原は書類をめくりながら唸った。

「誰が被害者となり得るのかわかったことは捜査を進めるうえで大きいですが、ざっと見た感じ、私が把握しているだけでもかなりの物故者がいます。彼らに関しては裏のとりようがない。それに、手続きに時間がかかるので、その間に仮想通貨に両替されるなど、一種のマネーロンダリングをされたら、追跡できないかもしれません」

「ということは、これらの空欄にぼくが今、自分の名前を書き込んで、『ハイ、この土地をもらいます』と言って、換金することもできるわけだ」

そう言った小林の脳裏に、綾香が病床の紺野にささやいた言葉が蘇ってきた。

――うちはうちで、また頑張っていきましょう。

これは、堂林のみならず、誰にとっても金のなる木になり得る。

綾香は、これらを利用して、ネイビーファームを立て直す資金にすることも考えていたのかもしれない。

「なした、コバちゃん。ぼーっとして」

と浜口に訊かれ、

「いや、ちょっとクラクラして」

と言うと、浜口は、

「おれもだ」

と笑った。

「これらを接写して、データを上長に送ってもいいですか」

「上長って、河原さんか」

「そうです。今日の段階では現物より小林さんの言質《げんち》をとってくるよう命じられています」

「言質?」

「はい。今も司法取引に応じる意思があるかどうかです。対象となる財政経済犯罪に該当すると思われます」

沢村の不起訴と、これらの引きわたしを含む捜査協力の取引か。

「もちろんだ。変わってない」

「ありがとうございます。終わりました」

と梅原は、デジカメとタブレットをブルートゥースでつなぎ、データを送った。

小林が書類をもう一度吟味しながら言った。

「堂林は、この大部分を、うちの篠田常務が持っていると思っているかもしれない」

「篠田さんも刑事課の人間が警護しています」

「それはありがたい。あの人が殺されでもしたら、うちの社は確実に潰れてしまう」

そう言いながら、USBメモリを自分のタブレットパソコンに差し込んだ。

写真データらしきJPEGファイルが十個ほど入っている。

タップすると、以前、綾香から東都日報に送られてきたもののつづきと思われる写真が表示された。堂林と腕を組んでいる女の顔がはっきり見える。綾香だ。

小林がほかの写真を次々と表示させていくと、浜口が身を乗り出した。

「なしてあいつが堂林と一緒にいるんだ」

獣医の阿部が、堂林と一緒にドゥーマ本社のあるビルの車寄せに立っている。

「やはり、堂林は今もジェメロに関わっているのかもしれない」

「これからコバちゃん、どうする気だ？」

浜口が心配そうに訊いた。

「あとは、堂林に直接訊くしかなさそうですね」

小林が答えると、浜口は、ごくりと唾を呑み込んだ。

5

美浦トレセンでダービートライアルの追い切りの取材を終えた小林は、ジェメロの連載コラムの原稿をデスクにメールしてから都内に向かった。

――いよいよ本丸に突撃か。

ドゥーマ本社が入ったビルを見上げ、ネクタイを締め直した。冷房の効いたエントランスホールに足を踏み入れると、両脇を男たちに固められた。二人とも競馬場で見かける堂林のボディガードで、右に立ったほうが古株だ。

「アポはとってあるんで、ご心配なく」

と小林が言っても、男たちは黙っている。

エレベーターに乗って十五階のボタンに手を伸ばしかけると、ボディガードが十六階のボタンを押した。役員室は別のフロアにあるのか。

十六階で降りた。廊下といくつものドアだけが見える、殺風景なフロアだ。どの部屋のドアにも、そこが何の部屋か示すプレートがない。

ボディガードが左奥の部屋のドアをノックした。

数秒後、カチッとロックが解除される音がして、ドアが少し内側に開いた。

ボディガードに背を押され、室内に入った。

すぐに小林の背後でドアが閉まり、ロックされる音がした。

部屋でゴルフのパットでもしているか、東南アジア系の女にマッサージでもさせているかと思っていたが、堂林は、奥のデスクで窓を背に、こちらを向いて座っていた。逆光になって表情は読みにくい。

「そこに秘書がつくった回答書がある」

と堂林が、ソファセットのテーブルを顎で指し示した。

「拝見します」

取材申請をしたとき、想定質問としてあらかじめ送っておいたものに対する回答がプリントされている。

——競走馬を所有するようになったきっかけを教えてください。

「知人の馬主に勧められたことです」

——馬主の醍醐味《だいごみ》はどんなことだと思われますか。

「一頭の馬が走る背景には、生産者、調教師、厩務員、騎手など多くの人間たちが関わっており、その一員となって、真剣勝負に臨む緊迫感に魅力を感じます」

——競走馬のオーナーであることにステイタス性を感じますか。

「はい。欧州では馬主であることが社会的信頼を得る手段にもなっているのが本当だと、自分が馬を持つようになって実感しました」

――もっとも勝ちたいレースは。

「ダービーです。日本だけでなく、英国、米国のダービーも勝ちたいと思っています」

――特に思い入れの強い所有馬はいますか。

「すべての馬に愛情を感じています」

――所有馬に深刻な故障が頻発していることについてどうお感じでしょうか。

「どの馬にも起こり得ることが、たまたま起きているだけという認識です」

――ジェメロの所有権を譲渡した理由をお聞かせください。

「競走能力に影響する骨疾患が判明したからです」

当たり障りのない言葉が並んでいる。

小林は回答書をテーブルに戻し、訊いた。

「ジェメロとは、今も何らかの形で関わっているのですか？」

「どういう意味だ」

「例えば、名義を変更しただけで、今も所有権のすべて、あるいは一部を持っている、といったことは？」

「言っている意味がわからん。ちょっと待て」

と堂林はデスクの受話器をとり、老眼鏡をかけて番号を押した。

「私だ。調べてほしいんだが、ゲレーロという馬はどうなっている」

と電話で話す堂林に、小林は小さく「ジェメロです」と言った。

「いや、違う。ジェメロだ……ああ……わかった、十五の八番か」

と受話器を置き、小林に言った。「十五の八」というのが、堂林が所有馬を覚えるために振っている番号か。

「疾患があった場合は買い戻すという条件がついていたので、牧場に返したそうだ」

演技をしているような言い方ではなかった。この男は、本当に、自身の所有馬に関して何も知らないようだ。

少し経つと、ノックの音がして、小林が入ったのとは別の出入口から秘書らしき女が入ってきて、堂林のデスクにファイルを置いた。所有馬に関する資料らしい。

堂林はそれをぱらぱらとめくり、頷いている。

「思い出しましたか」

「ああ、安西のところに預けた評判倒れの馬だ。それがどうした」

「ボーンシストが治り、原厩舎に転厩してから別の馬かと思うほど活躍しています」

あえて「別の馬」を強調するように言ったのだが、堂林の表情は動かなかった。

「そうなのか」

と、またファイルをめくる。そのとき、堂林の胸ポケットから携帯電話のバイブレーションの音がした。堂林は電話をとった。近ごろでは、堂林より上の六十代でも持つ者が少なくなった、二つ折りの、いわゆるガラケーである。老眼鏡をかけたまま、電話をしながら手帳に何やら書き込む姿は、やけにジジ臭かった。

時代の先端を行くIT業界の寵児《ちょうじ》といったイメージを抱いていたのだが、ひどいアナログ人間なのかもしれない。

「堂林さんは、御社のサイトをここでチェックしたり、タブレットやペンなどの自社製品を使うことはないのですか」

「それも取材か」

「そうですが、個人的興味でもあります」

「あんなものばかりを使っていたら、人間がダメになる。どんなに頭の悪い人間でもそれを使えばIQが倍以上になるシステムや道具をつくる、というのが、私の発想の根底にあるんだ」

そう言ってから、またファイルを見ている。

「何か気になることでも？」

「思い出した、これは沢村に勧められて買った馬だ」

「沢村って、東都の沢村記者ですか」

「そうだ。ドゥーマのレーシングマネージャーをしていた。君は同じ会社なのに、知らなかったのか」

「はい」

「あいつのおかげで私の馬主経済はプラスになった。最後に手を嚙まれたがな」

「沢村さんの後任はいないのですか」

「ちょうど今その話をしようと思っていたんだ」

「え？」

「どうだ、やってみないか。契約金が一〇〇〇万、手当ては自分が選んだ馬の賞金の五パーセント、種牡馬になった場合は、六十株のうち五株をやる」

ダービーを勝てば一着賞金二億円の五パーセントだから一〇〇〇万円だ。

「沢村さんも同じ条件だったのですか」

「いや、あいつはもっと吹っ掛けてきた。それだけじゃなく、ネイビーファーム買収の邪魔をするわ、最後に二〇〇〇万円を持って行くわで、たいしたタマだ」

沢村からのメッセージには、堂林から引っ張った額は五〇〇〇万円とあった。堂林の言うことが本当なら、全額を脅しとったわけではなかったようだ。

「今も、牧場買収と、クラブ法人経営を考えているのですか」

「私が答えるより、君の返事が先だ」

「魅力的なオファーですが、お断りします」

「なぜだ」

「あなたの、馬に対する姿勢に賛同できないからです」

「ふっ、沢村もやめるとき同じことを言っていたよ」

「ネイビーファーム買収は諦めたのですか」

「そうだな。私に身売りを持ちかけてきた牧場から選ぶことになる」

ということは、クラブ法人事業への進出も諦めていないのか。

また堂林のガラケーが鳴った。いくつか指示を出して切ると、すぐに別のところからかかってくる。どの通話も短い。小林が知っている、ほかの馬主もそうだ。

こうして向き合っていると、実年齢より十歳以上老けて見えるこの男が、これまで長らく恐れてきた巨悪とは思えなくなってくる。

「堂林さんは、どうしてフェアなビジネスをしないのですか」

堂林の目元に張りついていた笑みが消えた。

「いい質問だが、答えは簡単だ。私は、自分がアンフェアなことをしているとは思っていないんだよ」

小林は質問をつづけた。

「獣医師の阿部さんとも、業務でのお付き合いがあるのですか」

「阿部？　ああ、日高のイカサマ獣医か。中国製のマイクロチップを輸入する代理店業務をしないかと持ちかけてきたんだ」

「阿部さんから、ですか」

「そうだ。自分も間に入ってピンハネしようとしたんだろう。ところが、これがひどい粗悪品ばかりでな。返品の山で、ほとんど利益が出なかった」

「阿部獣医とのビジネスはそれだけですか」

「ああ」

　面倒くさそうに頷く堂林を見て、宇佐見牧場で見た阿部の姿を思い出した。あのとき阿部は、自分で埋めた粗悪品のチップを回収しただけだったのかもしれない。

「複数の馬を一頭の名で走らせたい、と思ったことはありますか？」

「君は何度も意味のわからない質問をするねェ」

「馬のすり替えが技術的に可能なら、してみたいと思うかどうか、という意味です」

「何を言ってるんだ。それを防ぐためにチップがあるんだろう？」

「はい。そのほか、流星や脚の白、旋毛などでも個体を識別し、DNA鑑定の検体としてたてがみも採取します」

「不可能なことを前提にした話をする意味があるのかね。仮にそれができたとしても、私はコストパフォーマンスの悪い仕事は嫌いなんだよ。時間も人手も労力も大切なコストだからな」

ジェメロが本当にすり替えられていたとしても、堂林は関わっていないようだ。自分の感覚ではフェアなことしかしていないのだから、関わっていたら隠さないだろう。

「私たちが持っているものを返すよう要求しないのですか」

小林が言うと、堂林は鼻で笑った。

「今言ったとおりだ」

「と言いますと」

「私はムダなことが嫌いなんだ。返す気もないくせに、くだらないことを言うんじゃない。まったく、あの紺野綾香という女はとんだ食わせ者だったな。高い火遊びになったが、自分で蒔《ま》いた種だから、尻拭いも自分でする。きっちりとな」

やはり、綾香が「女」を利用して堂林に近づき、書類を入手したのか。

「ぼくはてっきり、堂林さんに取引を持ちかけられると思っていました。レーシングマネージャーのオファーがそのひとつかと」

「それは、私が君たちに弱みを握られている場合にのみあり得ることだろう」

「では、なぜ、うちに広告を？」

「効果があるからだよ。おかげさまで、サプリの売上げもスポーツクラブの新規会員数も右肩上がりになっている。お宅の篠田さんとつながったきっかけが、まあ、ちょっと特殊だったというだけのことだ。レーシングマネージャーにしても、労力と貢献度への対価を支払うだけだから、何ら珍しいことではない。違うか？」

もともと、綾香から受けとった委任状や不動産の権利書などは、それ自体が犯罪の証拠になるものではない。

「ということは、あれらの書類を警察に提出されても困らない、ということですね」

「当たり前だ」

「叔父様の堂林武雄さんはこのことをご存じなのですか」

「おそらく知らないだろう。選挙だのパーティーだの、金に困ったときだけ親戚面して近づいてくる、急な親戚というやつだからな」

それが本当だとしたら、書類を奪還すべく小林を襲撃するなどした動きの黒幕は、ここにいる堂林だけということになる。堂林が言葉をつづけた。

「ひとつ教えてやろう。ビジネスというのはタイミングなんだよ。そのときは金のなる木だったものが翌日には枯れ木になっている。こうしている間にも、私は、君たちが手にしたものを次々と無力化させている。金を産む力もなくなるが、同時に、何の証拠でもなくなる。そうするほうが、君たちから買い戻すより効率がいい」

「つまり、広告を打ったのも、ぼくと会う日をアポ入れから一週間後にしたのも……」

「そう、時間を稼ぐためだ。まあ、時間を買ったようなものだな。そこに宣伝効果もプラスされたわけだから、一石二鳥だった。そろそろいいかね。時間だ」

室内の様子がどこかでモニターされているのか、小林が席を立って、社長室のドアノブに手をかけようとしたら、カチッとロックが解除された。

廊下にはボディガードも誰もいなかった。

「無力化」という堂林の言葉が、耳の奥に蘇ってきた。堂林から見ると、小林はとっくに無力化された存在なのだろう。脅威のない存在になったから、襲撃されることもなくなり、こうして足元まで招き入れられたのか。


帰社して土曜日の出走馬に予想の印を打って短評を書き終え、帰り支度をしていたときのことだった。隣の席にいる後輩の高橋が、小林の肩をわしづかみにした。

「せ、先輩、これ見てください」

「どうしたんだ」

「いいから見て、ほら」

と小林の肩を引き寄せ、自分のパソコンを見せた。

SNSに火災の投稿がつづいている。動画もアップされているようだ。

燃えているのは牧場の厩舎だった。記事タイトルを見て呼吸が止まった。

〈日高のネイビーファーム全焼。競走馬が犠牲に〉

小林は高橋を押し退けて画面をスクロールし、動画を再生した。炎が黒煙を巻き上げながら厩舎を焼き尽くそうとしている。ときおり凄まじい爆発音がして、窓からガラスの破片や木っ端のようなものが飛び出してくる。この奥に馬がいるはずだ。撮影者は、こんなに近くから、こんなに落ちついて撮影できるのに、なぜ馬を助けようとしないのか。この火災は放火によるもので、火をつけた者が撮影しているのだろう。

誰が火を放ったのか。答えはひとりしか思い浮かばない。

強欲な犯罪者は、ほしいものは、どんな手を使ってでも得ようとする。そして、自分のものにならないとわかったとたん、破壊しようとする。

これも堂林が言った「無力化」のひとつなのか。

小林は、紺野綾香の携帯を呼び出した。意外なほど早く、静かな声が応じた。

「よかった。無事だったんですね。代表は？」

「主人も無事。ただ、大切なものを失ったショックと、煙を吸ったのとで、ADLはまた何段か低いレベルに落ち込んでいます」

ADLというのは、食べたり飲んだり体を動かすなどの生活動作のことをいう。

「馬はどうだったんですか」

「一分も逃がしてあげられなかった。でも、私たちは大丈夫。ありがとう」

綾香の震える声を聞いても、堂林に対する強い怒りは湧いてこなかった。

自分もすでに無力化されてしまったのだろうか。

その週末、堂林の所有馬がダービートライアルの青葉賞を勝った。検量室前ですれ違った堂林は、脇の扉や電光掲示板を見るのと変わらぬ目で小林を見ただけだった。


翌週の月曜日、競馬サークルが全休日なので、小林はどこにも行かず、家でごろごろしながら、これまで起きたことを反芻していた。

堂林がジェメロの馬名さえも忘れていたのは演技ではなかった。

今、堂林はジェメロに関わっていない。もし本当にジェメロのすり替えが行われていたとしても無関係だろう。

だとすると、宇佐見が単独で行ったのか。チップの入れ替えや血統登録書の改ざんなどで、阿部が手を貸した可能性はある。

宇佐見に会って、確かめるしかない。

北海道行きのチケットを手配しようとタブレットを起動したとき、スマホが鳴った。登録していない番号からだった。

「篠田だ。今どこにいる」

「常務ですか。休みなんで、自宅にいます」

「テレビをつけてみろ。なければ、ネットのニュースサイトでもいい」

「テレビぐらいあります」

リモコンで電源を入れたら、見慣れたビルが大映しになった。

ドゥーマ本社が入っているビルだ。

そこに、堂林の顔写真が重なった。

「堂林が逮捕された」

という篠田の声が遠くから聞こえるような気がした。

しばらく何も言えなかった。

「どうした？　聞いているのか」

「は、はい……」

「容疑は、外国人登録証明書などを偽造した有印公文書偽造、私文書偽造などだ」

「なるほど、そっちから攻めたのか。それにしても急ですね」

「やつの下の人間から聞いたんだが、競走馬の保険で高額な補償が急に発生して、慌てて金策に走ってつまずいたらしい」

篠田の言葉を聞いて、ひょっとしたら、と思った。

「高額な補償」というのは、ネイビーファームで焼死した馬の件ではないか。堂林は個々の契約までは把握していない。だから、こういう事態を見越して、紺野綾香がネイビーファームにいる馬の保険をドゥーマのそれに切り換えておいたのかもしれない。

電話で綾香が「私たちは大丈夫」と言ったのはそういう意味だったのだろう。

それを篠田に伝えると、篠田は小さく唸った。

「なるほど、買収できなかったネイビーファームを見せしめに燃やすというのも、堂林のやりそうなことだ」

「つまり、堂林は、自分で自分の首を締めたんですね」

「いずれにしても、今回は別件逮捕だろう。こちらが先を行けるぶん好都合だ」

「先を行ける、とは？」

「原稿を書く時間はあるな」

「ええ、まあ、ありますが」

「堂林の悪事を暴く連載を書け」

「でも、証拠がないものばかりですよ」

「これまでの取材で、お前が見てきたことを書けばいい」

篠田の言葉が、前年見た、愛馬を骨折で亡くし、肩を震わせていた老厩務員の姿を思い出させた。そして、ネイビーファームで焼死した馬たちのことを。

「わかりました。でも、ドゥーマの広告がデカデカと載っている新聞でそんな連載をやってもいいんですか」

「心配するな。広告は今日付の紙面で終わりだ」

特別取材班として小林が書くことになった連載のタイトルは「愛馬を殺して金にする、平成最後の詐欺師・堂林和彦」になった。

初回は、堂林の所有馬がレース中に骨折するシーンの描写から始めた。レース前、装鞍所で差し入れのニンジンと一緒に興奮剤を与えられ、能力以上の走りをした結果、細い脚が負担に堪え切れずに折れてしまった。興奮剤の効果で勝つなり、上位に入って高額の賞金を稼げばそれでよし。もし骨折して競走能力喪失となっても、保険金が入るからそれでよし。しかも、自らが役員をつとめる保険会社なので、自分のところで金を回しているわけだから、金銭的な損失はない。所有馬を馬名ではなく購入順の番号で呼んでいた堂林にとって、愛馬の死は何の痛手にもならなかった――。

こうした所有馬の不自然な故障をはじめ、委任状を利用した保険金詐欺、遺産相続に関する有印私文書偽造、インサイダー取引、脅迫、威力業務妨害など、堂林が手を染めた可能性のある犯罪を、これまで小林や沢村、紺野綾香が撮影した写真や、入手した書類の写真などを添えて推測する大特集だった。

ドゥーマ本社と関連会社には特捜とマルサの合同捜索が入り、ワイドショーは連日、ドゥーマ関連のニュースをトップで扱った。そのほとんどが、東都日報の連載記事の後追い報道だった。

東都日報のセールスはバブル期の勢いをとり戻した。そうなると篠田の辣腕《らつわん》がものを言う。予想屋と出会い系、精力剤の広告がメインだったころは距離を置いていた大手広告代理店が手のひらを返してくると、法外とも言える高値で契約を結びなおし、紙面のイメージを一新した。付き合いの長い旧来のスポンサー用に、風俗などのエロ情報と、出所の怪しいスクープに特化した別冊をつくり、それらの広告をまとめて掲載したところ、次々と追加注文が入る好調ぶりだった。

連載を始めて数日後、小林は篠田に呼び出された。

「連載は今週一杯で切り上げろ。堂林バブルはこれで終わる。それでも、一度つり上げたものは簡単には下がらない。代理店が下げようとしないからだ」

「これでうちは大丈夫ですか」

小林が訊くと、篠田は首を横に振った。

「また下り坂になっていくだろう。だが、すぐにではなく、ゆっくりと、だ。そうしてまた虫の息になる前に次の手を打たなければならない。私が役員になってから、ずっと手術と延命の繰り返しだ。口コミ、ネット、電波媒体、紙媒体という、情報が流れていく構造が変わらない限り、この状況がつづく」

「ぼくたちは、どうすればいいのでしょう」

「お前、憧れてうちに入った、と言ったな」

「はい」

「東都をそういう新聞社にしたのは、沢村のように筆の立つ記者たちと、彼らが書きつづける場をつくりつづけた裏方の人間たちだ。だから、読者がひとりでもいる限り、書きつづけてくれ。経営陣は、読者がゼロになるまで会社を潰さないことを約束する。信じられないかもしれないが、こう言ったのは、ボンクラに見える、あの社主なんだよ」

と、篠田は椅子を回して体を横に向けたが、すぐにこちらに向きなおった。

「実は、堂林が逮捕される直前、広告契約を更新して現金を受けとってきたんだ。そこに入れておいた」

と壁面のクローゼットを指さして、つづけた。

「クローゼットの鍵は机にも入っている。金庫の暗証番号は、オグリキャップの引退レースの年月日と勝ちタイムだ。私に何かあったら社主にわたして、会社のために遣うよう言ってくれ」

「ぼくにも何かあったらどうするんですか」

「知らん」

と篠田は笑って体を横に向けた。そして、カレンダーの横にさがっている、オグリキャップの口取り写真を見つめた。


その週末、小林は、フラテッロが出走する京都新聞杯を見に行った。

先入観があるせいか、京都競馬場の円形パドックを歩くフラテッロは、ジェメロとして弥生賞まで破竹の三連勝を遂げた青鹿毛のサラブレッドと同じ馬に見えた。

この馬が「偽物のジェメロ」だとすると、初出走は一月末の未勝利戦だ。その後、条件戦と弥生賞を勝った。皐月賞に出たのは「本物のジェメロ」だが、同日に阪神の未勝利戦に出走しているから、この馬にとっては、これが五戦目ということになる。疲労が蓄積していることに加え、厩舎が美浦から栗東に変わったりと、ストレスで心身が疲弊していても不思議ではないのだが、馬体にも表情にもこわばったところはない。

登録上のフラテッロにとっては、これがデビュー二戦目だ。競馬新聞の馬柱に載っている戦績は前走の未勝利戦のみ。騎手が手綱を持ったまま大差で勝った。ジェメロの名で弥生賞を圧勝したこの馬にとっては軽い調教のようなもので、だから疲れが溜まっていないのか。

騎手の武田を背にすると、フラテッロの目の光が鋭さを増した。

一勝馬でありながら、前走の勝ちっぷりのよさと、いわゆる「武田人気」で単勝七・〇倍の三番人気に支持されていた。

全財産を単勝に賭けてもよかったのだが、それこそフェアでない気がして、いつもどおり五万円だけにした。

京都新聞杯の出走馬十四頭が芝二二〇〇メートルのコースに飛び出した。

フラテッロは中団の外目につけた。

ペースは遅いが、折り合いはついている。前に馬を置かなくても掛からないかどうかを武田は確かめているのだろう。

フラテッロは直線で大外から伸び、ノーステッキで二着を五馬身突き放した。

あまりの強さに、ゴール前は静まり返っていた。

枠場に戻って下馬した武田が、調教師に言った。

「凱旋門《がいせんもん》賞にも登録しておいてください」

わざと聞こえるように言ったのだろう、記者たちがざわめいた。

毎年秋に仏国ロンシャン競馬場のチャンピオンディスタンス、日本ダービーと同じ芝二四〇〇メートルで行われる凱旋門賞は、歴代の日本最強馬の挑戦を跳ね返してきた、世界最高峰のレースである。

武田のこのひと言は、実質的な「ダービー勝利宣言」であった。

この馬もジェメロと同じく、馬主も生産者も宇佐見である。来ていないと思っていた宇佐見が、表彰式に現れた。

記者たちの質問に生返事を繰り返して早足でこちらに来た宇佐見は、すれ違いざま、

「ジェメロみたいでしょう」

と小林に言い、ニヤリとした。

他社の記者たちに宇佐見が何を言ったのか訊かれた。そのまま教えるわけにはいかないので、「ダービーが楽しみになりました」と「意訳」して伝えた。


翌日、小林は北海道に飛んだ。

爽やかな午後だった。

空の色も、雲の形も、木々の緑の鮮やかさも、北海道でしか感じられないひろがりがあり、明るさに溢れている。

宇佐見牧場を訪ねると、宇佐見がジェメロの母ブラックルージュの馬体をブラッシングしていた。曳き綱を、宇佐見の妻、由紀子《ゆきこ》が持っている。

「こいつの写真も撮るでしょう。ダービー馬のお母さんになるんだから」

と宇佐見は笑った。

「チェスも撮ります？」

と由紀子が小林に訊いた。

「チェス？」

「ハイチェスナット。フラテッロのお母さんです」

「そっちがダービー馬のお母さんになるかもしれないんですよね」

と小林が訊くと、由紀子が、

「私はフラテッロのほうが強いと思うんですが、主人はジェメロだと」

と答えた。宇佐見は咳払いをした。

「小林さんは、もうおわかりですよね。私たちは、二頭の馬を『ジェメロ』として走らせ、そしてまた二頭に戻した。もう一頭はフラテッロです」

実にあっさり種明かしをし、つづけた。

「ジェメロと名乗って、未勝利、五〇〇〇万下、弥生賞を圧勝した馬が、昨日の京都新聞杯を勝ったフラテッロです。もともとのジェメロは、新馬戦で大敗したあとボーンシストが判明し、皐月賞で八着になったほうです」

美紗の主張と、梅原の感覚は、正しかったのだ。

「本当は無敗で重賞を二つ勝ったのに、重賞は一勝だけということになっているフラテッロには申し訳ないことしたわね」

と言う由紀子も、宇佐見同様、タブーを犯したという自覚も罪悪感もないようだ。阿部も同じような感覚なのだろう。

三人とも獣医師で、しかも学生時代からの友人だ。医学的に可能なことをしただけで何が悪い、といった程度にしか考えていないのか。

由紀子がブラックルージュを放牧地に出し、入れ違いに、ハイチェスナットを連れてきた。

宇佐見がブラッシングを始めた。

「ジェメロは双子だったんですか」

小林が訊くと、宇佐見は、

「そうです」

と答え、つづけた。

「ちょうど、もっと預託馬を増やして、牧場の経営形態を変えていこうと考えていたときだったんです。自家生産の牝馬から生まれた仔で大レースを勝ちたい。そう願わないブリーダーはいません。しかし、それは宝石の鉱脈を掘りあてるのと同じで、投機性が高すぎる。なので、馬主さんの所有馬を多く預かり、安定した預託料収入を基盤としながら、イヤリングの施設を整え、長く預けてもらえる牧場にすべきだと考えました。幸い、親から譲り受けた広大な敷地があります。それで、一部を売って、ディープステージの種付料と、近隣の生産者が共同でつくった育成場への出資金に回したんです——」

宇佐見は、四年前の春、ブラックルージュにディープステージを配合した。同じ日、ハイチェスナットにベストクライアントを種付けした。

二週間後、阿部が来て、エコーで妊娠鑑定をした。

ブラックルージュはディープステージの仔を受胎していた。しかし、受精卵は二つあった。

宇佐見が牧場の代表になってから、繁殖牝馬が双子を受胎したのは初めてだった。

「手前の卵のほうが小さいな。こっちを潰すわ」

と阿部が顎で示したモニターを、宇佐見は見つめた。

「ちょっと待て」

宇佐見の脳裏に、幼稚園に通う娘たちの顔が浮かんできた。

彼女たちも双子だった。

顔も体型もそっくりだが、性格は対照的だった。姉の優《ゆう》は活発でスポーツが得意なのに対し、妹の桜《さくら》はおとなしくて本を読むのが好きな子だ。

だからといって、どちらかのほうが可愛いとか、片方は理想的な育ち方だがもう片方の育ち方は困るなどと思ったことはない。

「どうする？　早めにやらないと、直腸からの処置は難しくなるぞ」

と訊いた阿部に、宇佐見は言った。

「そのままにしておいてくれ」

「何を言ってるんだ。まさか、ディープ産駒が二頭生まれたら、実入りも倍になるとか、素人みたいなことを考えてるわけじゃないだろうな。逆に、共倒れで価値がゼロになる可能性のほうがずっと大きいんだぞ」

「わかってる。それでも、二頭とも生かしたいんだ」

阿部は、しぶしぶエコーをつかんだ手を抜いた。

つづいて、ハイチェスナットの妊娠鑑定を行った。

「参ったたな。こっちは不受胎だ。またベストクライアントをつけるなら、あとでスタリオンセンターに行く用事があるから、手続きしておこうか」

「いや、そっちもどうするか、少し考えさせてくれ」

そこに、家畜センターでパート獣医として働いていた妻の由紀子が戻ってきた。

「ルージュとチェス、どうだった？」

と由紀子は阿部に訊いた。

「ちょっと微妙でさ。ユキちゃんからも言ってやってくれよ」

と阿部は言った。

ブラックルージュが双子を受胎し、ハイチェスナットが不受胎だったと聞いて、由紀子はため息をついた。

そのとき、宇佐見のなかに、ひとつの考えが浮かび上がった。

「なあ、ルージュの双子の小さいほうを、チェスの胎内に移さないか」

あまりに突飛な申し出に、阿部も由紀子も何も言わなかった。

サラブレッドの人工授精が国際的に禁じられているのは周知の事実だ。人工授精した段階で、サラブレッドとして血統登録することは認められなくなる。受精卵移植も同様だろう。

　家畜センターで、サラブレッド以外の馬や牛などの受胎確認や人工授精、受精卵移植といった業務もこなしている由紀子は、宇佐見と違い、双子に対して特別な思い入れはないようだった。由紀子は言った。

「私は、ルージュにディープとの仔を、無事に産ませてあげたい。受精卵移植は技術的には簡単だけど、仮に血統登録するとしても、チェスの仔はベストクライアント産駒として登録されるわけでしょう。問題がありすぎるよ」

「それに、苦しいのにやりくりして、自然交配でサラブレッドをつくりつづけているほかの牧場に対して、フェアとは言えない」

　と阿部。宇佐見が皮肉な笑みを浮かべた。

「確かにそうだが、どの口が『フェア』って言ってるんだという気もするな」

　各種補助金の不正受給や、診療費の水増し請求、ＪＲＡの禁止薬物リストに載っていない、興奮剤と同等の作用がある漢方薬の処方など、阿部は、アンフェアが白衣を着ているような男だった。宇佐見はつづけた。

「おれは、ルージュの仔を二頭とも生かしたいだけだ。ルールを逸脱していることはわかっている。しかし、一頭を殺すことがフェアというなら、おれは喜んでアンフェアな手法をとってやる」

　黙って聞いていた由紀子が口をひらいた。

「フェアかアンフェアかはわからないけど、三百年以上も血がつながれてきたサラブレッドによる競馬の伝統を冒瀆《ぼうとく》するようで、私は嫌だな。それに、お腹《なか》を貸すだけのチェスがかわいそうだよ」

「じゃあ、チェスから生まれたほうは血統登録しなければいい」

　結局、宇佐見が押し切って、ブラックルージュの受精卵のひとつをハイチェスナットの胎内に移植することになった。

「いざやってみたら、これだけのことなのよね」

　と手袋を外しながら由紀子が言った。

　ハイチェスナットはベストクライアントとの仔を受胎した、と届け出た。

　それが最初の嘘となった。

　そのとき宇佐見は、それが最後の嘘になると思っていた。

　ブラックルージュもハイチェスナットも初産《ういざん》ではなかったので、しっかりした大きな腹袋があった。双子はそれぞれ順調に育ち、翌春、無事に生を受けた。

　いくつかの奇跡が重なった。

　二頭は、同じ日の、ほぼ同時刻に生まれた。

宇佐見がブラックルージュ、由紀子がハイチェスナットのお産を担当した。

ブラックルージュから仔馬をとり上げ、タオルで羊水を拭きとってから初乳を飲ませ、隣のハイチェスナットの馬房を覗いた宇佐見は言葉を失った。

ブラックルージュの馬房に戻って仔馬の顔を確かめ、また隣の馬房を見た。

「そっちも男か」

「うん。仔馬の顔も体も、ルージュそのものだけど、チェスはちゃんと自分の仔だと思っているみたい」

「ちょっと、こっちの仔馬を見てみろ」

「あとで見るよ」

「いいから、今来い」

眠そうな目でブラックルージュの馬房に入った由紀子は、

「ええっ、何これ！」

と声を上げた。

「どっちがどっちなのかわからないぐらい、そっくりだろう」

「いや、でもチェスの仔は、ちっこいのに悪そうな白目があるよ」

と笑った由紀子に、ルージュの仔の顔の右側を見せた。

「こいつもこっちだけ三白眼だ」

「ほんとだ」

と由紀子は両手で口元を押さえ、つづけた。

「馬でこんなに瓜二つ《うりふた》の双子を見たのは初めて。流星も同じ形をしている」

「それに、さすがディープの仔というバランスだ」

生まれて数時間なのに、立ち姿から、超良血の気品が感じられる。

「こっちもだよ」

と由紀子はチェスの馬房に戻った。

母馬のお腹に顔を寄せて乳を飲む格好もまったく同じで、見ていると頬がゆるむ。

「優と桜もこんな感じだったな。今だってそうだ」

宇佐見がそう言うと、由紀子は厩栓棒《ませんぼう》に両腕をかけ、

「うん、かわいいね。この時間を味わいたくて、生産者になったんだもんね」

と、自分の腕を枕にして顔をつけた。

サラブレッドのお産は、死産だったり、立ち上がることのできない状態で生まれてくることも多い。無事に生を受けること自体が奇跡と言えるのだ。

放牧地に出すと、この二組の親仔は、いつも互いの存在を確かめ合うかのように近くにいた。

二頭の仔馬がじゃれるように走り出すと、やがて、綺麗な放物線を描いた併せ馬にな

る。馬体が重なり合って、一頭のサラブレッドが疾走しているようにも見えてくる。

二頭とも、ふざけて飛び跳ねるときのバネや、寝そべった状態から急に駆け出す動きの俊敏さなどが素晴らしかった。

評判を聞きつけ、牧場を訪ねてくる馬主や調教師が多くなった。

ほとんどは、ディープ産駒のブラックルージュの仔が目当てで来るのだが、みな、ハイチェスナットの仔に気づくと、手元の血統データを見直し、驚いたような顔をする。

生後二カ月の時点で、ブラックルージュの仔に興味を示した馬主が、五〇〇〇万円という買値を提示したこともあった。一方のハイチェスナットの仔の最高提示額は一〇〇〇万円だったが、それでも届出上の父ベストクライアントの種付料の十倍だから、十分以上の高値と言える。

しかし、宇佐見は、ブラックルージュの仔は自分がオーナーブリーダーとなって走らせたいと思っていたし、ハイチェスナットの仔はデビューさせないと妻や阿部と約束していたので、それらの申し出を丁重に断った。

初夏の登録検査が近づいたある朝、宇佐見は由紀子に言った。

「あの二頭を競馬場で一緒に走らせるのは、お前が言ったように、サラブレッドによる競馬を冒瀆することになるのかな」

「私も今それを考えていたの」

「で、どう思う」

「訊かなくてもわかってるんでしょう。今は、競馬のルールがあの仔たちの生き方を冒瀆しているように感じている」

「ハハハ。そうか。人間ってのは勝手なもんだ」

「失礼ね。でも、人間が勝手に結婚相手を決めて、子孫の残し方にも口を出して、ちょっとの手違いに目くじら立てて、自分たちの楽しみのために走らせて、走れなくなったら用済みにしているのは本当だから」

「じゃあ、二頭とも登録するか」

　誤算だったのは、予想外にたくさんの人が二頭を見に来たことだ。双子の受精卵の片方をハイチェスナットに移して産ませたなどとは、もちろん誰にも言っていない。「実は、ブラックルージュが双子を産んで、ハイチェスナットは死産だった」と血統登録のときに申告してもよかったのだが、これだけ多くの関係者に二組の親仔のペアの存在を知られた今となっては、それは不可能になった。

　登録検査に先立ち、二頭を含む四頭の当歳馬にマイクロチップを埋め込むため、阿部に連絡した。

　四頭と伝えても、阿部は何も言わず、すぐに現れた。

　そして、鼻唄を歌いながら手早くチップを埋め込んだ。仔馬に、怖がったり、嫌がったりさせずに処置する姿を見て、あらためて感心した。金や身の回りのことに関してはルーズなのだが、同じ獣医師免許を持つものとして嫉妬を覚えるほど、腕はいいのだ。

「どうした、今日はやけに機嫌がいいな」

と宇佐見が言うと、マイクロチップのケースを見せた。

「新規参入したメーカーのチップだ。牧場に請求するのは前と同じ税込み四七〇〇〇円ぐらいで、登録協会から二八〇〇〇円の助成金が出るから、牧場の負担は一九〇〇〇円のままだろう。でも、こいつは原価が低いから、一頭あたりおれに三二〇〇〇円のバックがあるんだ」

「お前、そうやって嬉しそうにペラペラしゃべったら値引きさせられるから、気をつけたほうがいいぞ」

「そうか。百頭やれば三二万円だから、嬉しくなってよ」

「どこのメーカーなんだ、そのチップ」

「中国の何とかっていうところだ。ネットオークションに出ているのを見つけてな。で、最近出てきた堂林和彦って馬主がいるだろう。あの人と組んで輸入してるんだよ」

それがとんでもない粗悪品で、血統登録のときに読み取り不良の馬が続出し、阿部はクレーム処理でおおわらわになった。

宇佐見の預託の当歳馬二頭のチップもときどき読み取ることができたりできなかった

りと安定しなかったので、新たなチップを埋めなおすことになった。

そのとき、阿部が、読み取り機とは別の、放射能測定器のような機械を持ってきた。

「不良チップを完全に破壊する、超音波粉砕機だよ」

「そんなもん使って、馬は大丈夫なのか」

「心配ない。おれが改良して、人や馬には影響がないようにしたから」

ほんの数秒、マイクのようなものをあてただけで、見事にチップがまったく反応しなくなる。そして、別のチップを埋め込む。

それを見て、宇佐見は、マイクロチップを喪失させ、新たに埋め込む作業が簡単にできることを知った。

ブラックルージュの仔、つまりジェメロを売却する馬主の候補として堂林をリストアップしたのも、粗悪マイクロチップの件があったからだ。

一歳のとき、ジェメロの大腿骨《だいたいこつ》のレントゲンにボーンシストと疑われる影が写っていた。しかし、そうと断言できるほどのものではなく、また、ジェメロ自身、まったく痛がる素振りを見せなかった。

もしその影がボーンシストだとしたら、庭先でもセリでも売るわけにはいかない。売却後すぐに症状が出たら、信用が失墜する。

ところが、そのころ、宇佐見牧場は困ったことになっていた。ただでさえ先代の拡張路線のツケでギリギリの経営をつづけていたのだが、請求を待ってくれていた建設会社の経営者が変わり、すぐに三〇〇〇万円を用立てしなければならなくなったのだ。

また土地を処分することも考えたが、経営方針転換のためには、土地にはある程度の余裕がほしかった。

そうなると、宇佐見牧場にあるもので、土地以外で三〇〇〇万円以上の価値があるのはジェメロだけだった。

即金でそれだけ用意できる経済力があり、信用を損なうことになっても構わない相手。となると、堂林ぐらいしか思い浮かばなかった。前年、五〇〇〇万円という額を提示してくれた馬主に対しては、同じことをしたくなかった。また、その馬主は、馬名に決まった冠をつけていたこともネックだった。宇佐見は、どうしてもこの馬を、「双子」を意味する「ジェメロ」という名で走らせたかったのだ。

最初、四〇〇〇万円を提示してきた堂林に馬名に関する要望を伝えたところ「一〇〇〇万円値引くならいい」と言われ、三〇〇〇万円に落ちついた。

こうしてジェメロは、堂林の所有馬として、二歳の春の終わりに東京競馬場の新馬戦でデビューした——。

小林がそこまで宇佐見の話を聞いたとき、

「ただいまー！」

と女の子の声がした。

双子の優と桜が小学校から帰ってきたのだ。

「あー、見たことあるおじさん！」

とこちらを指さしたのは、活発な姉の優か。

もうひとりの桜は、何かを決心したように駆け寄ってきて、

「こんにちは」

と小さな声でお辞儀をし、すぐまた向こうへ走って行った。

優は、小林の顔を見ながら、右手で手刀を切るような仕草をし、「トゥース」と言っている。

それを見た宇佐見が笑った。

「優は、あなたがあのジェスチャーをやる芸人に似ていると言っていたんですよ」

「に、似てますかね」

「桜は、以前あなたが来たとき、ちゃんと挨拶ができなかったことを悔やんで、あのあと何日も気にしていたんです」

「それで『こんにちは』を言いに来てくれたのか」

牧場事務所へと歩きながら、

「私のしたことはサラブレッドへの冒瀆でしょうか」

と宇佐見に訊かれた。

すぐには返答できなかった。

ジェメロとフラテッロがダービーに出ようとしている今、嘘はひとつだけではなくなっている。

最初の嘘は、フラテッロの正体だった。フラテッロは、ディープステージとブラックルージュの仔なのに、ベストクライアントとハイチェスナットの仔として存在している。

次の嘘は、ジェメロとフラテッロが双子であることを隠していることだ。

三つ目の嘘は、ジェメロになりすましたフラテッロが、未勝利から弥生賞まで三連勝したことを、ジェメロというほかの馬による勝利としていること。

四つ目の嘘は、そうして三連勝したジェメロと、皐月賞で負けたジェメロは別の馬なのに、同じジェメロとしていること。

五つ目の嘘は、皐月賞の日に阪神で未勝利戦を勝ったフラテッロは、実はジェメロと名乗って弥生賞を勝った馬だった、ということ。

六つ目は、その強豪フラテッロが、一勝馬のふりをして京都新聞杯に出たことだ。

「もう、とり返しがつかないですね」

としか言えなかった。

「怒りを感じますか」

という宇佐見の質問の意味が、すぐにはわからなかった。

「何に対してですか」

「もちろん、私に対して」

「いえ、それが不思議なくらい、何も感じないんです。驚きすぎて、感覚が麻痺してしまったのかもしれない。今考えているのは、もしかしたら、ぼくらが知らないだけで、過去にもこういうことがあったのかな、とか、今後一番まずいのは、フラテッロが種牡馬になって、実際とは異なる血を後世に伝えることではないか、といったことです」

「お話ししたとおり、最初は、二頭とも生かしたいと思っただけだったんです。ところが、ジェメロとフラテッロの素晴らしい馬体と動きを見ているうちに、二頭を一緒に走らせたいと思うようになってきた。妻が言ったように、サラブレッドを冒瀆しているのは、私たちではなく、凝り固まった古いルールではないか、と。そのルールをつくったのは、神ではなく人間です。では、私がいると信じている『競馬の神様』はどうなのか。競馬の本質は、繁殖馬選定競走であることです。強い血を確かな方法で選別して後世に残す。それが競馬における唯一の正義であり、唯一の真実でもあるはずです。日本でその年に生を受けた七千頭のすべてが目指す『競馬の祭典』日本ダービーのゴールをトップで駆け抜けるのがジェメロかフラテッロなら、その血を神が必要としている、ということではないでしょうか」

　と宇佐見が歩みを止めた。

「ぼくにはよくわかりません」

「私のしていることが、競馬の本質からかけ離れたもので、競馬の神様が認める正義や真実と一致しなければ、ジェメロもフラテッロもダービーを勝てない。ただそれだけのことだと思うのですが、やはり私はおかしいでしょうか」

　事務所の窓からこちらを見ていた優と桜が、小林と目が合うと慌てて顔を隠し、またそっと顔を覗かせた。

　宇佐見に時間を割いてくれたことの礼を言い、帰路についた。

　——さて、美紗と梅原にはどう伝えようか。

　今、自分は三週間後の日本ダービーを待ち切れなく思っている。

　母の胎内で握り潰されるかもしれなかった命が、フラテッロという名のサラブレッドとなって躍動しようとしている。自らの本当の名で走れない時期があったのは不幸なことかもしれない。しかし、ジェメロとして走った未勝利から弥生賞までの三戦ではクリス・プラティニ、フラテッロとなって走った未勝利戦と京都新聞杯では武田豊治という世界的名手を背に走り、無敗のまま「競馬の祭典」に臨むのだから、一頭の競走馬としてはこの上なく幸せと言えるだろう。

そして、ジェメロは、新馬戦で大敗したうえにボーンシストという競走生命にかかわる疾患をかかえ、普通なら、そのままターフを去るはずだった。ところが、双子の兄弟フラテッロの力を借りて、ともにダービーに出走できることになった。皐月賞で八着と大敗したとはいえ、デビュー二戦目、しかも、骨疾患の手術からの長期休養明けでGIに出て、勝ち馬から五馬身しか離されなかったのだから、こちらも相当強い。

この異様な昂《たかぶ》りを美紗や梅原と共有すべきなのか否か。

新千歳《しんちとせ》空港のラウンジで、明日の紙面に載せる原稿を書いて頭と心を落ちつかせた。原稿をデスクにメールで送り、出発ロビーに向かった。そのとき、スマホのSNSメッセンジャーの着信ランプが点滅していることに気がついた。東都日報の法務担当の中井女史からだった。

「ネット上で、もうひとりの小林真吾さんの動きが急に活発化しました」

と中井のメッセージが表示された。

小林は、エスカレーターを降りながら返信した。

「それはいいんですけど、中井さん、こんな時間に大変ですね」

「自宅のパソコンで巡回検索ソフトを立ち上げただけなので、大丈夫です」

「ぼくのなりすましは、『フラテッロ』に関する発言が多くなっているんじゃないですか」

「よくわかりましたね」

「昨日、フラテッロという馬が重賞で強い勝ち方をしました。ぼくが本紙で連載しているジェメロをダービーで破る可能性が出てきたので、リアルな小林真吾に対抗するなりすましとしては、嬉しいのだと思います。放置しておいて構いません」

「よかった。実は、私も個人的には様子を見たいと思っていました」

「どうして？」

「もうひとりの小林さんをずっと追いかけているうちに、なりすましの『彼』にも人格があるような気がしてきたんです」

「消去に追い込むのは忍びない？」

「はい。こういう感覚は危ないかな(笑)」

「いえいえ。ぼくも、このところ『彼』に勢いがなかったので寂しく感じていました」

メッセージの送受信をしながら歩いているうちに、手荷物検査のゲートに着いてしまった。

手荷物検査を済ませ、出発ロビーに着いてからも中井からメッセージが来ていた。

「実は『コバさま名言集』も楽しみにしているんです」

「ぼくもです(笑)」

そう返信してから、「コバさま名言集」をひらいてみた。最新の「名言」には「いいね！」のチェックが五百以上ついていた。

「勝者も敗者も『神に選ばれた』という意味では横並びなのです。大切なのは、勝ったか負けたかではなく、戦ったという事実なのです」

自分よりも、宇佐見が言いそうなセリフだと思った。

三週間後、その宇佐見が手塩にかけて育てた双子が戦う日本ダービーのファンファーレが鳴る。


神の悪戯とはよく言ったものだ。

世代の頂点を決める競馬の祭典、日本ダービーで、ジェメロは最内の一枠一番、フラテッロは大外の八枠十八番を引いた。

スターティングゲートでは端と端に分かれることになるが、パドックでは、最後尾のフラテッロのすぐ後ろを、先頭のジェメロが歩くことになる。

単勝一番人気は皐月賞馬ソクラテスで二・五倍。二番人気は弥生賞、皐月賞とも二着だったリアルファイト。ジェメロは三番人気、フラテッロは四番人気だった。

小林は、検量室とパドックとの間の壁際に立ち、装鞍所から地下馬道を歩いてくるダービー出走馬を待っていた。

ジェメロが先頭を歩いてくる。曳いているのは担当調教厩務員の梅原だ。

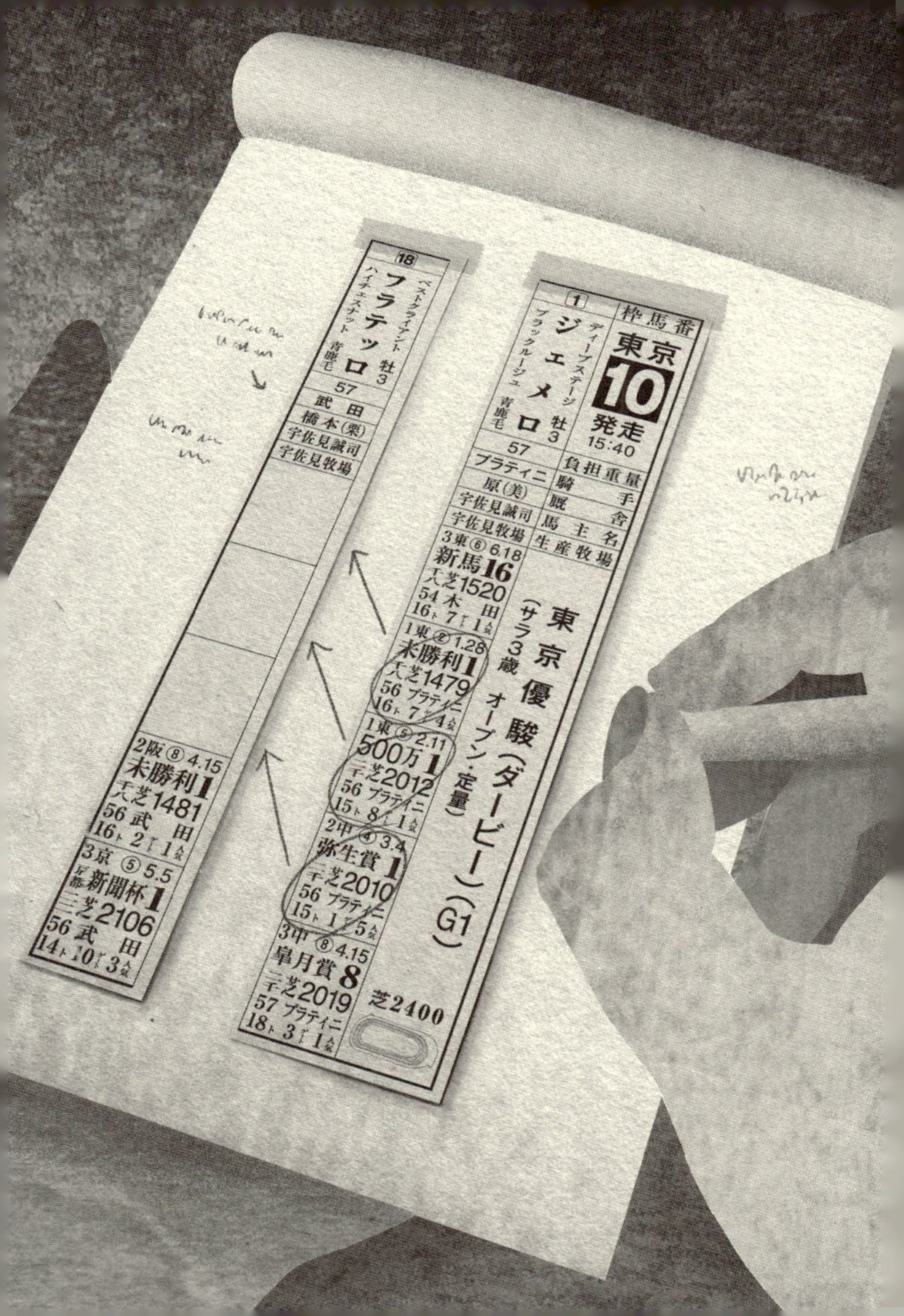
枠馬番
東京
10
発走
15:40
負担重量
騎手
厩舎
馬主名
生産牧場
1
ディープステージ
ジェメロ
ブラックルージュ
牡3
青鹿毛
57
プラティニ
原(美)
宇佐見誠司
宇佐見牧場
3東⑥6.18
新馬16
六芝1520
54 木田
16ト7↑1人気
1東②1.28
未勝利1
六芝1479
56 プラティニ
16ト7↑4人気
1東⑤2.11
500万1
二芝2012
56 プラティニ
15ト8↑1人気
2中④3.4
弥生賞1
二芝2010
56 プラティニ
15ト1↑5人気
3中⑧4.15
皐月賞8
二芝2019
57 プラティニ
18ト3↑1人気
東京優駿(ダービー)(G1)
(サラ3歳オープン・定量)
芝2400
18
ベストライアント
フラテッロ
ハイチェスナット
牡3
青鹿毛
57
武田
橋本(栗)
宇佐見誠司
宇佐見牧場
2阪⑧4.15
未勝利1
六芝1481
56 武田
16ト2↑1人気
3京⑤5.5
新聞杯1
二芝2106
56 武田
14ト10↑3人気

まっすぐこちらに向かってきたジェメロは、小林のすぐ前で曲がり、こちらから見て左側のパドックへと入って行く。

小林が手を挙げると、梅原が小さく会釈した。グレーのスーツが似合わないほど、よく日焼けしている。

その横を調教師の原が歩いている。原は、ジェメロと一緒に曲がってパドックに行くのではなく、そのまままっすぐ来て、小林のすぐ横で立ち止まった。そして、ジェメロの歩様をじっと見ている。

二番の馬、三番の馬……と、出走馬が次々とやって来る。

原はそろそろパドックに行くかと思ったのだが、まだ小林の横に立っている。

——まさか、フラテッロを待っているんじゃないだろうな。

最後にフラテッロが来た。

やはり、原はフラテッロを待っていたようだ。ほかの馬が来たときは、腕を組み直したり、指先でメガネを持ち上げたりしていたのだが、フラテッロが前を通ったときは、微動だにせず見つめていた。

原は、すべてのからくりを見抜いているのか。

「原先生」

と小林は呼びかけてみた。

原は黙ってこちらに顔を向けた。

そばにいた他社の記者たちやＪＲＡの職員が戸惑っているのが伝わってきた。何しろ、共同会見以外では、マスコミの人間と一切口を利かないことで知られる調教師だ。小林は、原の耳元で言った。

「今度、寄席《よせ》で単独インタビューをさせてください」

原は背を向け二、三歩パドックのほうへと歩いてから振り向き、

「考えておきましょう」

と言った。

メガネが光を反射してよくわからなかったが、笑っているように見えた。

十四万人の観客が見つめるなか、フルゲート十八頭の出走馬がダービーのパドックを周回している。

先頭を歩く一番のジェメロの前を、十八番のフラテッロが歩いている。

パドック中央の芝の上に、馬主や生産者とその家族、調教師らが立ち、自分たちの周囲を歩く愛馬を見つめたり、談笑したりしている。

そのなかに宇佐見の姿があった。妻の由紀子と、娘の優と桜もいる。ジェメロとフラテッロに手を振っているのが優で、右手で自分の左肘を押さえるようにして立っている

のが桜だろう。優は白、桜はピンクのワンピースを着ている。一枠のジェメロに乗る騎手がかぶる帽子の色は白で、八枠のフラテッロの騎手の帽色はピンクなので、それに合わせたのか。スーツ姿なのですぐにはわからなかったが、阿部も一緒にいる。阿部と目が合った。会釈すると、阿部は肩をすくめて苦笑した。彼らの両脇に、調教師の原と橋本が離れて立っている。

原厩舎の所属馬は、グリーンとブラウンを基調とした馬具を使っている。対する橋本厩舎のステーブルカラーは赤なので、ジェメロとフラテッロの頭絡《とうらく》や手綱などの色調は大きく異なっている。

それでも、細い流星のある顔や、黒光りする毛の色、逞《たくま》しい胸前とトモの筋肉の盛り上がり方、ゆったりとした四肢の運び方も、そっくりというより、同じと言っていい。五〇〇キロと四九〇キロという馬体重に現れているように、全体的にジェメロのほうが大きいだけだ。

騎手たちが関係者の輪のなかに入ってきた。

宇佐見の所有馬であることを示す、同じスカイブルーの勝負服を着たプラティニと武田は、まず、オーナーブリーダーである宇佐見とその家族に挨拶した。それから、それぞれの騎乗馬を管理する調教師と言葉を交わしている。

調教師との戦術の確認を終えたプラティニと武田は、宇佐見たちと並んで記念撮影を始めた。カメラを構えているのは阿部だ。最後に、二人の騎手の間に優と桜が立って、写真に収まった。

「止まーれー」と、係員が騎乗命令を発した。

宇佐見夫妻と娘たちは、ジェメロとフラテッロの間に立ち、それぞれが騎手を背にする姿を見つめていた。

誘導馬につづき、ジェメロが馬道に入って行く。最後にフラテッロが馬道に行ったのを見届けてから、宇佐見たちは検量室のほうへ歩いてきた。

「こんにちは」

と小林が言うと、優と桜は声を揃えて「こんにちは」と笑顔を見せた。

「二頭とも最高の状態です」

と宇佐見は優と桜の頭の上に手を置いた。

「どっちが勝つかな」

と小林が二人の娘に訊くと、二人とも首を傾げた。

記者席につながるエレベーターに向かいかけた小林のズボンが誰かに引っ張られた。ピンクのワンピースを着た桜だった。

「どっちも」

と桜が消え入るような声で言った。

「ん？」

「どっちも勝つ」

「そうか。そうなるといいね」

出走馬が馬場入りを始めた。

〈三連勝の輝きを大舞台でとり戻せるか。一番ジェメロ。鞍上はクリス・プラティニ、五七キロ〉

場内アナウンスが響き、各馬が返し馬に入るたびに耳をつんざく大歓声にスタンドが揺れる。

〈ダービー男を背に新星現る。十八番フラテッロ。鞍上は武田豊治、五七キロ〉

文字どおりの五月晴れだった。

向正面の先を中央自動車道が走り、右手には、青空に浮き上がるように富士山が偉容を見せている。

世界的なオペラ歌手がスタンド前で君が代を斉唱した。

十八頭の出走馬が、四コーナー奥の待機所から芝コースに出てきた。

直線に設置された大型ターフビジョンに、スターターが台に上る姿が映し出された。

歓声に拍手と口笛がまじるなか、スターターが旗を振った。自衛隊の楽団がファンファーレを演奏する。それに合わせて十四万人が手拍子をし、ファンファーレが終わると同時に割れんばかりの歓声が上がった。

奇数番の出走馬がゲート入りを始め、偶数番の馬がつづく。最後に、大外十八番のフラテッロがゲートに誘導されると、場内がしんと静まり返った。

次の瞬間、ゲートがあいた。

再び場内が大歓声につつまれるなか、十八頭の若駒たちは正面スタンド前を駆け抜け、一コーナーを目指して行く。

ジェメロは中団の内埒沿いを進んでいる。

フラテッロは徐々に内に切れ込みながら、後方にポジションを固定した。

十八頭が二コーナーを回り、向正面へと入って行く。

先頭から最後方まで十五馬身ほど。ジェメロは新馬戦で見せたような気の悪さを出すことなく、鞍上のプラティニの指示に従い、中団馬群の内で折り合っている。その五、六馬身後ろに、ジェメロと同じリズムで完歩を伸ばすフラテッロがいる。背中の武田は馬銜《はみ》を外した長手綱でフラテッロの行く気を削《そ》いで、リラックスさせている。

前半一〇〇〇メートル通過は一分ちょうど。前の馬にも後ろの馬にもチャンスのある平均ペースだ。

ジェメロとフラテッロの双子は、どちらもいいリズムで走っている。前のジェメロと後ろのフラテッロの間に、本命のソクラテスと二番人気のリアルファイトがいる。

馬群が三コーナーに差しかかった。

中団にいるジェメロの走りがやや窮屈そうに見える。しかし、手綱を握るプラティニは、あえて馬体を収縮気味にさせて走らせているようだ。わざと馬を怒らせながら、最後の爆発力を溜めようとしているのか。ジェメロの「暴発」を制御する自信があるからこそできる乗り方だ。さすが凱旋門賞を三勝しているだけある。

フラテッロはまだ後方馬群のなかでじっとしている。武田は、東京の長い直線で、最後の瞬発力に賭ける算段なのだろう。

ペースを上げながら凝縮された馬群が四コーナーに入った。他馬との間隔が前後左右とも一気に狭くなり、何かの拍子に激突しかねない状態だ。すべての馬がデビューしたときから、いや、生まれたときから、もっと言うと生産者が配合を考えたときから獲得を切望してきたクラシックは、例外なく、激しい圧力をかけ合う消耗戦になる。精神的に脆い馬は、他馬の蹄音《ていおん》や騎手たちの怒号が渦巻く馬群のなかにいるだけで気力と体力を失い、脱落してしまう。

ひとかたまりになった馬群がさらに勢いを増して四コーナーを回り、十四万人を呑み込んだスタンドへと近づいて行く。

ジェメロの背にいるプラティニは手綱を抑えたままだ。前方を馬群の壁に塞がれているが、遠目にも、慌てていないことがわかる。馬群の壁に馬一頭ぶんの隙間が開けば、いつでも抜け出せる手応えを感じているのだろう。

不意に、スタンドの歓声が大きくなった。

後方に控えていたフラテッロが動いたのだ。馬群を縫うように中団までポジションを上げ、本命馬ソクラテスの真後ろにつけた。鞍上の武田は、絶対に下がってくることのない馬を露払いとして使おうとしているのだ。

最後の直線に向いた。

ゴールまで五二五・九メートルの攻防が始まる。時間にするとわずか三十秒ほどなのだが、結果によって、その後の人馬の明暗が大きく分かれる。ほかのどのレースよりも濃密で、激しい時間が刻まれていく。

ソクラテスが外から豪快に脚を伸ばし、内の馬をまとめてかわしにかかった。

フラテッロはまだその真後ろにいる。武田の手は動いていない。

ラスト四〇〇メートル。

ソクラテスにステッキが入り、さらに加速する。

馬たちの蹴散らす芝が舞い上がり、怒号と絶叫が大地を震わせる。

武田は、ソクラテスよりあえてワンテンポ仕掛けを遅らせた。左ステッキでゴーサインを出し、フラテッロを外に誘導しながら手綱を絞った。

フラテッロは一完歩ごとにソクラテスとの差を詰め、外から馬体を併せた。

〈大外からフラテッロが凄まじい脚で伸びてくる！　ここで一気に抜き去るか!?〉

大歓声をつんざくように実況アナウンスが響く。

〈いや、内のソクラテスも譲らない。二頭のマッチレースとなった！〉

フラテッロとソクラテスが後続を置き去りにしようとしている。

馬群の内に封じこめられたジェメロの前はまだ塞がっている。激しく叩き合うフラテッロとソクラテスにじわじわと差をひろげられていく。

ジェメロは神に選ばれた馬ではなかったのか。

ラスト二〇〇メートルを切った。

〈フラテッロとソクラテスが激しく叩き合い、この二頭が完全に抜け出した！　さあ、栄冠を手にするのはどっちだ!?〉

武田が鞭を右に持ち替え、一発、二発と逆鞭を入れた。その叱咤に応え、フラテッロがじりじりと前に出る。

そのときだった。

二頭の内から矢のように伸びる黒い影があった。

その鞍上の白い帽子が陽の光を撥ねた。そして、フラテッロと同じスカイブルーの勝負服が風を切り裂く。

ジェメロだ。

馬群の壁から解放されたジェメロは、全身で喜びを表すかのように大きく首を使い、ストライドを伸ばした。

漆黒の馬体を躍動させ、艶やかなたてがみを風になびかせる。

〈おおっと、最内からジェメロが矢のように伸びてきた！　これはすごい脚だ。何という鋭さだ!!〉

溜めに溜め込んだエネルギーを爆発させたジェメロが、外の二頭に並びかけた。

内からジェメロ、ソクラテス、フラテッロ。これら三頭の叩き合いになった時間はしかし、ごくわずかだった。

ゴールが近づくにつれ、真ん中のソクラテスが置かれて行く。

ラスト一〇〇メートル。

内のジェメロと外のフラテッロのマッチレースになった。

〈同じ勝負服の二頭が激しく競り合う！　後ろは大きく離れた!!〉

馬体をびっしり併せて叩き合う二頭が四肢を伸ばす動きと首の上下動がシンクロし、プラティニと武田が鞭を入れるタイミングまで重なった。

二頭の姿がひとつになった。

人間たちの夢や期待、欲望などさまざまなものを背負って走りつづけた双子のサラブレッドは、このとき確かに一体となった。

大歓声が渦巻くなか、流線型の美しい物体となって風を切るジェメロとフラテッロは、最後の完歩を力強く芝に叩きつけ、ゴールを駆け抜けた。

〈ジェメロとフラテッロ、二頭並んでゴールイン！　勝ったのはどっちだ⁉　これはまったくわからない！〉

内のジェメロか、外のフラテッロか。

どちらが前に出ていたか、肉眼で判別するのは不可能だった。

ゴール前で見ていた小林の全身が焼けるように熱くなった。歓声がどよめきに変わっていくなか、膝が細かく震え出すのを感じた。声など出していないはずなのに、喉がカラカラになっていた。

電光掲示板には二分二三秒〇というダービーレコードのタイムが表示されている。だが、その上の着順を示す「Ⅰ」と「Ⅱ」の横には「写真」の文字が点灯し、一、二着が写真判定となったことを示している。

プラティニも武田もゴーグルを外さず、馬上で短く言葉を交わしただけで戻ってきた。十四万人の観衆も、どう声を上げたらいいのかわからず、ただ静かに見守ることしかできなかった。日本ダービーのゴール直後とは思えないざわめきが場内を支配した。

検量室前の枠場には、その着順の馬が入るよう「1」「2」「3」……と数字が記されている。

「1」の枠場に入ってくるのはジェメロか、フラテッロか。騎手は自分が先着したかどうか、数センチの単位でわかるという。

先に戻ってきたジェメロのプラティニは、どの枠場にも入らず、「1」の枠場の後ろで馬から降り、首を傾げた。

つづいて戻ってきたフラテッロの武田も、枠場には入らなかった。

ゴールシーンのリプレイ映像が流れるたびに場内が沸く。そして、その歓声はすぐにどよめきに変わる。どちらが前に出ているか、何度見てもわからないのだ。

カメラに映されたくないのだろう、プラティニも武田も、検量室の奥に行ったまま外に出てこない。

調教師の原と橋本は並んでモニターを見上げ、ときどき頷き合ったり、首をひねったりしている。

そのとき、まるで爆弾が落ちたかのような大歓声が沸き起こった。

電光掲示板に着順が表示された。

一着を示す「I」に灯《とも》った馬番は「1」だった。

競馬の神様が選んだのは、ジェメロだった。

小林のなかで、張りつめていたものが切れた。立っているのがやっとになるほど全身から力が抜けていく。検量室前の人ごみから離れて、壁に背中を預け、目をとじた。

珍しく笑っていた原、泣いていた宇佐見夫妻と子供たち、涙を隠してうつむいていた梅原——少し前に見た彼らの姿が瞼の裏に浮かんでは消える。

「神の采配」なるものを感じたのは初めてだった。

確かに自分はサラブレッドの頂点を決める日本ダービーを見ていた。しかし同時に、大きな力につつまれ、見つめられ、体のなかを撫でられ、すべてを知られたかのような、不思議な感覚に支配されていた。

ふと思った。誰かの手によってつくり上げられた「もうひとりの自分」も、このダービーを見て、同じ感覚を味わっているのではないか、と。

「すげえダービーだった」

そう口に出すと、少しずつ現実感が戻ってきた。

目をあけた。

口取り撮影を終えたジェメロが馬道を歩いて行く。

「ありがとう、ジェメロ。よくやった、フラテッロ」

と小林はまた声に出し、明日の一面に掲載される観戦記を書くため、記者席に戻った。

解説——すべての競馬ファンのための、そして、すべての物語を愛する人たちのための、とっておきの物語について

高橋源一郎

子どもたち（中学一年と二年の男の子たち）の学校で秋祭り（運動会）があった。子どもたちが通っている学校は少し変わっていて、その話をすると長くなるのだけれど、それは、この「運動会」を見てもわかる。どの種目に誰が出てもかまわない（子どもたちも保護者も）。「運動会」につきものの長い挨拶もない。誰も整列しない。「そろそろ始めましょう」と小学校二年か三年の子どもがマイクでいうと、ぞろぞろ、最初の種目に集まり始める。その中にはおとなも子どももオムツをした（！）ちっちゃい子まで混じっていた。ちなみに、わたしはそのオムツをした子どもと走った。途中でズルをしておぶって走った。みんな拍手してくれた。どんな種目だったんだろう。というか、その子どもは誰だったんだろう。わたしはルールを誤解していたみたいだが、誰も気にしていなかった。そこで唯一のルールは「子どもたちが嬉《うれ》しいこと」だけだった。

帰りの中央本線の特急の中で、気持ちのいい興奮に包まれて、わたしは、昨日から読み始めた島田明宏さんの『ダービーパラドックス』の続きの頁《ページ》を開いた。そして、すぐ

に、わたしは、目の前の、豊かで広い世界の中に入りこんでいった。

「……聞いてる？　わたしの話」

隣の席の妻がわたしに話しかけていたのだ。

「ごめん。小説を読んでたから気づかなかった」

「それ、そんなに面白いの？」

「面白いよ。すごく」

「どんな話？」

「そう……競馬に関するお話」

「じゃあ、わたしが読んでも面白くないわね」

「そんなことはないよ！　だって……」

「だって？」


……あなたが競馬ファンではないなら（わたしの妻のように）、まず、こんなふうに訊《たず》ねてみたい。

「『競馬』って、どんなものだか知っていますか？」

するとたいていの、「競馬ファン」ではない人たちは、「ええ、ギャンブルですよね、競輪や競艇と同じ」とか「よく、競馬のために使い込みをする人がニュースになりますけど、怖いものなんじゃないですか」とか「オグリキャップっていう馬がいたことは知っています。それから、ダービーとか有馬記念という大きなレースがあることとか」と答える。その通りだ。そこで、今度は逆にこちらから訊ねてみる。「あなたの趣味は何ですか」と。すると、たとえば、ある人はこう答える。

「茶道です」

「茶道……ああ、あのお茶を飲むやつですね。よく知らないんですが、どうして、ただお茶を飲むだけなのに、あんなに手続きが面倒くさいんでしょうね」

するとその人は、たぶん真剣な顔つきになり、こういうだろう。

「茶道は……ただお茶を飲むだけじゃないんです。あの一つ一つの手順や儀式には、深い意味と歴史があって……」

そうなのだ。わたしたちの前にある「それ」。「それ」はどんなものであっても、好きでなければ、知らなければ、興味がなければ、「遠い」存在なのである。だから、知らない人たちは、ただ遠巻きになって、「それ」を眺め、なんとなくうなずくだけだ。けれども、「それ」が、ほんとうは「遠い」ものではないのだとしたら？　あなたたちのよく知っているものと、あなたたちの大好きなものとよく似ているのだとしたら？

「『競馬』というものは、もともと、一つの大きな物語なんだ」

「そうなの？」

「ああ、いまのような競馬が始まったのは、四百五十年ほど前、そしてサラブレッドという特別な種類の馬たちが生れたのはざっと三百年前。それからずっと、『競馬』という、長い、長い物語が続いているんだ。主人公は無数の馬たち、そして、その周りにいるたくさんの、馬に関わりのある人たちの物語だ。ダービーのような輝く頂きを目指し、サラブレッドたちは激しい戦いの日々を過ごす。その戦いは、競馬場でだけではなく、牧場でも、調教場でも行われる。競走馬として生れる前から、競走馬としての仕事が終わってからも、その戦いは続く。いや、死んでからなお、血統表の中で、彼らは戦い続ける。そんな彼らと、彼らの戦いに魅せられた人たちが、『競馬』という物語を作りあげてゆく」

「じゃあ、あなたは？」

「ぼくは、そんな『競馬』という物語を『外』から読者として見るのが好きだ。物語には、作る者、参加する者、眺める者がいる。どのピースが欠けても、この物語は完成しない。ぼくは、遥《はる》か遠くから、この『競馬』という物語を、憧れながら見つめる読者なんだ」

「まるで、小説みたい！」

そうだ。「競馬」は、もともと「物語」なのだ。誰だって、そこに入ることができる。「物語」に無縁な人間はどこにもいないのだから。

『ダービーパラドックス』は、一頭の馬に魅《ひ》かれてゆくひとりの競馬記者・小林の物語だ。その馬の名前は「ジェメロ」。途轍《とてつ》もなく強いかと思えば、あっさり負け、故障し、今度は別の厩舎《きゆうしや》に突然、所属を変えてしまう、一頭の馬。不可解なのは、その馬だけではない。その馬の周りに蠢《うごめ》く人間たちはみんな謎を秘めている。小林の先輩記者で、素晴らしい文章で小林を魅了したが、いまはなぜか落ちぶれた風情の沢村。「ジェメロ」の馬主で、やり手の実業家であり、なぜか所有馬が次々と故障する、背後にはどこか闇の気配がする堂林。「ジェメロ」の生産者であり、一癖も二癖もありそうな宇佐見。小林は、自らの勘を信じて、「ジェメロ」の周りの人たちを探ってゆく。そんな小林の周りに不穏な事件が相次ぎ、ついに、小林は生命を狙われているのではないかと疑う。そして、沢村の突然の死。それは自殺なのかそれとも他殺なのか。つきまとう怪しい影。小林を監視しているらしい警察の姿。上司である篠田は、敵なのか味方なのか。「ジェメロ」を担当する美貌の厩務員・美紗の本心はどこにあるのか。そして、新しい厩舎で「ジェメロ」を担当することになった厩務員・梅原の正体はほんとうは何なのか。真相を知っているのは誰なのか。信じられる者がどこかにいるのか。迷宮の中を彷徨《さまよ》うように、それでも小林は、この巨大な陰謀の「真実」に迫ってゆく。だから、『ダービーパラドックス』は、何よりも、圧倒的に優れたサスペンスといえるだろう。

だが、この小説のほんとうの素晴らしさは、その先にある。小林は、よろめきながら、それでも、この巨大な事件の核心にたどり着く。そして、そこで、小林は驚くべき真実に気づくのである。それが何なのか、いま、わたしには書くことができない。読者であるあなたに、ひとりでそれを見てもらいたい。それは、この事件の核心であり、また、この物語の核心であり、同時に、「競馬」という、人間が作り出した一つの文化の核心でもあるからだ。

競馬ファンは、そこにたどり着いた時、自分がなぜ「競馬」というものに惹《ひ》かれていたのか、それを知ることにもなるだろう。競馬ファンではない読者なら、自分の知らない豊かな世界があることを、そして、それは、知らない人たちにも、言葉と物語という贈り物を通じて、触れることができることを知るはずである。

最後に一つだけ、書いておきたいことがある。この小説の最後は、「ジェメロ」と、「ジェメロ」にそっくりな「フラテッロ」という馬が出場するダービーの観戦記の形式になっている。いや、正確には、そのレースを見た小林が、「観戦記」を書こうとして記者席に戻るところで終わっている。けれども、小林は、その観戦記を書く必要はないだろう。すでに、小説の中で書いてしまっているからだ。

「観戦記」は、競馬という一つの文化の中の、重要なジャンルとなっている。そこで、書き手は、歴史の証人となる。数百年にわたって、その文化を愛する者たちが担ってきた役割を、自分も担う。未来の誰かに向かって、真実を伝えるために。

ぜひ、最後の「観戦記」を味わってもらいたい。それは、現実のダービーではなく、架空のダービーだ。それにもかかわらず、そこには、現実のダービーと同じように熱く、激しい瞬間が描かれる。なぜ、そんなことが可能なのか。それは、「競馬」というものが、言葉を通じて、あらゆる「物語」の世界に通じているからなのだ。

最後の頁を閉じ、わたしは、しばらくの間、架空のダービーの余韻に耽《ふけ》っていた。それは、ほんとうに心の底から素晴らしいといえるダービーだった。列車は立川を越え、少しずつ新宿に近づいているようだった。横の席では妻が、前の席では、子どもたちが寝息を立てていた。とても豊かな何かが、わたしの周りにあるようだった。わたしは、小さな声でこう呟《つぶや》いた。

「競馬場に行きたいなあ」

（たかはし・げんいちろう　作家）

本文デザイン／高橋健二（テラエンジン）
挿絵／水口かよこ

本書は、集英社文庫のために書き下ろされた作品です。

集英社文庫　目録（日本文学）

柴田錬三郎　柴錬の「大江戸」時代小説短編集 花は桜木
柴田錬三郎　チャンスは三度ある
柴田錬三郎　眠狂四郎異端状
柴田錬三郎　貧乏同心御用帳
柴田錬三郎　御家人斬九郎
柴田錬三郎　真田十勇士㈠ 運命の星が生れた
柴田錬三郎　真田十勇士㈡ 烈風は凶雲を呼んだ
柴田錬三郎　真田十勇士㈢ ああ！ 輝け真田六連銭
柴田錬三郎　眠狂四郎孤剣五十三次(上)(下)
柴田錬三郎　眠狂四郎独歩行(上)(下)
地曳いく子　50歳、おしゃれ元年。
島尾敏雄　島の果て
島﨑今日子　安井かずみがいた時代
島崎藤村　初恋―島崎藤村詩集
島田明宏　ダービーパラドックス
島田裕巳　0《ゼロ》葬――あっさり死ぬ

島田雅彦　自由死刑
島田雅彦　カオスの娘
島田雅彦　英雄はそこにいる 呪術探偵《シャーマン》ナルコ
島田洋七　がばいばあちゃん 佐賀から広島へ めざせ甲子園
島村洋子　恋愛のすべて。
島本理生　よだかの片想い
島本理生　イノセント
志水辰夫　あした蜉蝣《かげろう》の旅(上)(下)
志水辰夫　生きいそぎ
志水辰夫　みのたけの春
清水義範　偽史日本伝
清水義範　迷宮
清水義範　開国ニッポン
清水義範　日本語の乱れ
清水義範　新アラビアンナイト
清水義範　イマジン

清水義範　夫婦で行くイスラムの国々
清水義範　龍馬の船
清水義範　シミズ式 目からウロコの世界史物語
清水義範　信長の女
清水義範　夫婦で行くイタリア歴史の街々
清水義範　会津春秋
清水義範　夫婦で行くバルカンの国々
清水義範　ifの幕末
清水義範　夫婦で行く旅の食日記 世界あちこち味巡り
清水義範　夫婦で行く意外とおいしいイギリス
清水義範　夫婦で行く東南アジアの国々
下重暁子　鋼《はがね》の女《ひと》 最後の瞽女《ごぜ》・小林ハル
下重暁子　不良老年のすすめ
下重暁子　「ふたり暮らし」を楽しむ 不良老年のすすめ
下重暁子　老いの戒め
下川香苗　はつこい

集英社文庫　目録（日本文学）

下村一喜　美女の正体
朱川湊人　水銀虫
朱川湊人　鏡の偽乙女　薄紅《うすくれない》雪華《せっか》紋様《もんよう》
小路幸也　東京バンドワゴン
小路幸也　シー・ラブズ・ユー　東京バンドワゴン
小路幸也　スタンド・バイ・ミー　東京バンドワゴン
小路幸也　マイ・ブルー・ヘブン　東京バンドワゴン
小路幸也　オール・マイ・ラビング　東京バンドワゴン
小路幸也　オブ・ラ・ディ　オブ・ラ・ダ　東京バンドワゴン
小路幸也　レディ・マドンナ　東京バンドワゴン
小路幸也　フロム・ミー・トゥ・ユー　東京バンドワゴン
小路幸也　オール・ユー・ニード・イズ・ラブ　東京バンドワゴン
小路幸也　ヒア・カムズ・ザ・サン　東京バンドワゴン
小路幸也　ザ・ロング・アンド・ワインディング・ロード　東京バンドワゴン
白石一文　彼が通る不思議なコースを私も
白石一文　光のない海

白河三兎　私を知らないで
白河三兎　もしもし、還る。
白河三兎　十五歳の課外授業
白澤卓二　100歳までずっと若く生きる食べ方
城山三郎　臨3311に乗れ
辛永清　安閑園の食卓　私の台南物語
辛酸なめ子　消費セラピー
新庄耕　狭小邸宅
眞並恭介　牛と土　福島、3.11その後。
神埜明美　相棒はドM刑事《デカ》　～女刑事・海月の受難～
神埜明美　相棒はドM刑事《デカ》2　～事件はいつもアブノーマル～
神埜明美　相棒はドM刑事《デカ》3　～横浜誘拐紀行～
真保裕一　ボーダーライン
真保裕一　誘拐の果実(上)(下)
真保裕一　エーゲ海の頂に立つ
真保裕一　猫背の虎　大江戸動乱始末

真保裕一　ダブル・フォールト
周防柳　八月の青い蝶
周防柳　逢坂の六人
周防柳　虹
周防正行　シコふんじゃった。
杉本苑子　春日局
杉森久英　天皇の料理番(上)(下)
杉山俊彦　競馬の終わり
鈴木遥　ミドリさんとカラクリ屋敷
瀬尾まいこ　おしまいのデート
瀬尾まいこ　春、戻る
瀬川貴次　波に舞ふ舞ふ　平清盛
瀬川貴次　ばけもの好む中将　平安不思議めぐり
瀬川貴次　闇に歌えば　文化庁特殊文化財課事件ファイル
瀬川貴次　ばけもの好む中将　弐　姑獲鳥《うぶめ》と牛鬼
瀬川貴次　ばけもの好む中将　参　天狗の神隠し

集英社文庫　目録（日本文学）

瀬川貴次　ばけもの好む中将四　踊る大菩薩寺院
瀬川貴次　暗夜鬼譚　春《しゅん》宵《しょう》白《はく》梅《ばい》花《か》
瀬川貴次　ばけもの好む中将伍　冬の牡丹燈籠
瀬川貴次　暗夜鬼譚　遊《ゆ》行《ぎょう》天《てん》女《にょ》
瀬川貴次　ばけもの好む中将六　美しき獣たち
瀬川貴次　暗夜鬼譚　夜《や》叉《しゃ》姫《ひめ》恋《こい》変《へん》化《げ》
瀬川貴次　ばけもの好む中将七　花鎮めの舞
関川夏央　石ころだって役に立つ
関川夏央　「世界」とはいやなものである　東アジア現代史の旅
関川夏央　現代短歌そのこころみ
関川夏央　女流　林芙美子と有吉佐和子
関川夏央　おじさんはなぜ時代小説が好きか
関口尚　プリズムの夏
関口尚　君に舞い降りる白
関口尚　空をつかむまで
関口尚　ナツイロ
関口尚　はとの神様
関口尚　明星に歌え
瀬戸内寂聴　私小説
瀬戸内寂聴　女人源氏物語　全5巻
瀬戸内寂聴　あきらめない人生
瀬戸内寂聴　愛のまわりに
瀬戸内寂聴　寂聴　生きる知恵
瀬戸内寂聴　一筋の道
瀬戸内寂聴　寂庵浄福
瀬戸内寂聴　寂聴巡礼
瀬戸内寂聴　晴美と寂聴のすべて1（一九二二～一九七五年）
瀬戸内寂聴　晴美と寂聴のすべて2（一九七六～一九九八年）
瀬戸内寂聴　わたしの源氏物語
瀬戸内寂聴　寂聴源氏塾
瀬戸内寂聴　寂聴仏教塾
瀬戸内寂聴　まだもっと、もっと　晴美と寂聴のすべて・続
瀬戸内寂聴　わたしの蜻蛉日記
瀬戸内寂聴　寂聴辻説法
瀬戸内寂聴　ひとりでも生きられる
曽野綾子　アラブのこころ
曽野綾子　人びとの中の私
曽野綾子　辛うじて「私」である日々
曽野綾子　狂王ヘロデ
曽野綾子　観月観世　或る世紀末の物語
平安寿子　恋愛嫌い
平安寿子　風に顔をあげて
平安寿子　幸せ嫌い
高倉健　あなたに褒《ほ》められたくて
高倉健　南極のペンギン
高嶋哲夫　トルーマン・レター
高嶋哲夫　M8エムエイト
高嶋哲夫　TSUNAMI津波

集英社文庫　目録（日本文学）

集英社文庫

ダービーパラドックス

2018年11月25日　第1刷　　定価はカバーに表示してあります。

著　者　島田明宏《しまだあきひろ》

発行者　徳永　真

発行所　株式会社 集英社
東京都千代田区一ツ橋2-5-10　〒101-8050
電話　【編集部】03-3230-6095
【読者係】03-3230-6080
【販売部】03-3230-6393（書店専用）

印　刷　図書印刷株式会社

製　本　図書印刷株式会社

フォーマットデザイン　アリヤマデザインストア　　マークデザイン　居山浩二

ISBN978-4-08-745814-5 C0193